ハカセの交配実験
唇が触れあうその感触が、ぞくりと身体の芯まで響く。

ハカセの交《こう》配《はい》実《じっ》験《けん》

バーバラ片《かた》桐《ぎり》

ILLUSTRATION
高《たか》座《くら》 朗《ろう》

ハカセの交配実験

〔一〕

「……ふう」

とあるコンピューターシステムを破ることに成功し、その証《あかし》に犯行声明を送りこんだ須坂龍生《すざかりゅうせい》は、一仕事やり終えたあとの充実感に満ちた深いため息をついた。

肩幅の広い長身だったが、髪はぼさぼさで、身につけているのは伸びきったトレーナーの上下だ。

モニターのあかりに青白く照らし出される顔立ちはそれなりに整っているというのに、ここまで服装に無頓着《むとんちゃく》になっているのは、ここ数年続いた引きこもり生活のせいだ。

二〇××年。

日本はＩＴ化を加速させていた。

自宅での仕事環境も完全に整い、出勤せずに働く『自宅勤務』の割合も上がるばかりだ。

須坂は最初のころこそ人間不信で、他人とは一切顔を合わせたくなかったのだが、今はそれなりに人恋しい気持ちも湧《わ》いてくるようになっていた。

『自宅勤務』が増えてはいても、それができる者の全部が全部、引きこもっているわけではないらしい。自宅だと効率が落ちるからと、あえて出勤を続ける者もいるし、他人とのコミュニケーションを大切にする者もいた。

そんな日本の中で、急速に進行しているのは少子高齢化だ。

日本は世界一の高齢化社会となり、二〇二〇年にはついに六十五歳以上の高齢者率は二十七パーセントを超えた。

それからはじわじわと横ばい状態で進行しているようだが、ニュースを見れば『高齢化』について報じられない日はなく、政治においても少子化解消のための政策が焦点となってはいたが、須坂にはまるで他人事のようにしか感じられないでいた。

――ま、俺《おれ》には関係ないし。

一時期はリア充と言われたこともあった須坂だったが、女っ気が絶たれて三年だ。失恋どころか職場も失った心の傷はだいぶ癒《い》えてはいたが、外出する踏ん切りはつかず、この先一生、他人とは交わらない生活が続くんじゃないかとすら思えてくる。

必要なものはネットで注文すればドアの前まで配達してもらえるし、支払いはクレジットカードで済む。

仕事も以前のゲーム会社ではなく、個人で請け負うものに変わった。知人から回してもらっているのは、サイバー犯罪に巻きこまれないように顧客となった企業や役所のサーバーをチェックし、ハッカーが侵入する隙間《すきま》を見つけて未然に防ぐ『正義のハッカー』の仕事だ。

他人と顔を合わせたくなかった須坂にとって、機械だけを相手にしていいというその仕事は天職と言ってよく、スキルを磨いてどんどんのめりこんでいった。

だが、さすがに三年ともなるとキツい。

一仕事やり終えると、胸に隙間風も吹く。人恋しさが一段とこみあげてくる。

急に外に出たい気分になった須坂はコントローラーを投げ捨てて、その背後にある万年床にばったりと仰向《あおむ》けに転がった。

――外行く？　それとも、気分転換に、ゲームでもするか？　……何のゲームしよっかな……。

つらつらと考える。前にやったのは最後まで健全なゲームだったから、次は少しエロいやつがいい。

――うん。えげつないぐらいの、十八禁のやつ。

３Ｄ画面で精密に描き出される理想の女体を想像してみただけで、ムラムラしてきた。だが、ここ最近、これ、というお勧めを耳にしないのが引っかかる。健全なオンラインゲームはかなりの人気だというのに、十八禁のエロいゲームについての噂《うわさ》はついぞ流れてこない。

――どういうことだ？　一昔前までは、流行はエロが牽引《けんいん》していたというのに。

だが、このところ、流行するのはあくまでも健全なものばかりだ。政府による規制の強化だけではなく、日本全体からエロが希薄になっているような気がする。そんなふうに思うのは、須坂が引きこもりすぎて、外と接触していないからだろうか。

――……十代二十代の男にとって、エロは大切な栄養素なのに。

アダルトなコンテンツの供給が目に見えて減っているように思えるのが、須坂には不思議で仕方がない。それなりにネット社会に精通している須坂でさえ見つかりにくいぐらいなのだから、世の中の男性はどうやって欲求を満たしているのだろうか。

そんなことを疑問に思っていたら下半身が収まらなくなって、秘蔵のデータをディスプレイに呼び出すために起き上がろうとした。

そのとき、不意に部屋のインターホンが鳴った気がした。

――あれ？

須坂は動きを止め、ドアのほうに顔を向ける。自分が耳をすっぽりと覆い隠すタイプのヘッドホンをつけていたのに気づいて、それを外した。

だが、尋ねてくる相手に、心あたりはない。ネットで注文した物品の受け取りはドアの外側にある宅配ロッカーにダイレクトで届き、その通知がメールで来るだけだ。

気のせいかと思いかけたときに、再びチャイムの音が鳴り響いた。

——あ。

さすがにこれはまぼろしではないとわかって、須坂はのっそりと立ち上がった。

身体《からだ》が重く感じられるのは、引きこもり生活が何年も続いていたせいだろう。すっかり全身の筋肉が落ちているのが感じられる。

——誰《だれ》だろう？

他人との接触を断っていた須坂は、長年の癖ですぐにドアを開けることなく、のぞき穴越しに廊下をのぞきこもうとした。

だが、顔をドアに近づけたとき、施錠部分が青白いレーザーで焼き切られようとしているのに気づく。

間髪入れずに、蹴《け》り飛ばす勢いでドアが開かれた。

「え？　……っぐぁっ！」

ドアの真ん前に立っていた須坂はそのドアに顔面を強打され、勢いあまって床に仰向けに転がった。その上にドアが倒れかかってくるのを、どうにか腕でブロックしたのが精一杯だ。

「な……何？」

何が起きたのかわからない。

どうにか身体の上のドアは横にずらしてそれ以上の惨劇は免れたものの、顔面が痛くてまともに目を開けられない。

そのとき、破られたドアの向こうから、誰かが入ってくる気配があった。

「須坂龍生か？」

高圧的な男の声だ。

無防備に転がってはいられない気がして、須坂は涙目で相手を見上げた。

開かれたドアから射しこんでくる陽光は強く、今は真っ昼間なんだと思い知らされた。ディスプレイへの照り返しを防ぐために、いつでも自室の窓のブラインド機能は完全にオンにされたままで、薄暗い中で暮らしていた。

まばゆい後光とともに、男が須坂を見下ろす位置まで近づいてくるのがわかる。彼は悪びれたところなく、口を開いた。

「何年も外に出てこない引きこもりだと聞いていたもので、説得に応じないのなら引きずり出すつもりでいた。穴倉の中の虫を、引っ張り出すのと同じ要領で」

ハスキーで色っぽい声だが、言っていることはやたらと失礼だ。そもそもチャイムが二回鳴っただけで、説得とやらを受けたつもりもない。どんな相手なのか知りたくて、須坂は眩《まぶ》しさに耐えながら目を開いた。

まず目に飛びこんできたのは、膝丈《ひざたけ》の白衣だ。

視線が上に向かうにつれて、須坂はその上の顔立ちに息を呑《の》んだ。

――すっげえ綺麗《きれい》。

一瞬、男装の麗人かと思うほどの麗しさだ。だが、顔や身体を形成するラインはどれも伸びやかで、硬質の男の色香が漂っている。

涼やかに切れ上がった双眸《そうぼう》に、高い鼻梁《びりょう》。削《そ》げたように形のいい顎《あご》のラインに、ふっくらとした肉感的な唇。

白衣とも相まって知的でクールな印象があるのに、濡《ぬ》れたようにキラキラと輝く瞳《ひとみ》や、艶《つや》やかに見える唇がやたらとセクシーだった。

白衣だから、医療関係者か、研究者だろうか。

その目で見つめられただけで、何だかゾクゾクして視線が離せなくなった。

彼は何者で、自分に何の用事なのだろうか。

「だ、……誰？　……何？」

男としての対抗心もムラムラとこみあげてきたので、須坂はむっくりと起き上がりながら問いただす。自分もキリッとした姿で相対したかったのだが、三年にも及ぶ引きこもり生活で、須坂のコミュニケーション能力は驚くほど退化していた。声帯もろくに使っていなかったから、かすれた声しかでない。

その質問に答えることなく、彼は須坂の部屋を興味深そうに見回した。

「これが、引きこもりの住まいか。思っていたよりも、まともだな」

須坂はさすがに閉口する。

ここは賃貸とはいえ自分の家だし、こんなふうに乱入されるのも、物珍しそうに眺められるのも許可した覚えはない。だが、相手の美貌《びぼう》に圧倒されて、何をどう抗議していいのかわからない。

引きこもりには刺激が強すぎるのだ。

――綺麗だな……。

男でここまでの美形を目にしたのは、初めてだった。白衣の下の身体つきはあくまでもほっそりとしていて、抜けるような色の白さが目に毒なほどの艶《なま》めかしさを漂わせている。

このままでは男に初めて性のときめきを覚えそうだ。あくまでもノーマルな須坂としてそれは自分に許してはならないことだったから、無理やり視線をもぎ離したとき、また彼の声が響いた。

「おまえがこの日本に残された、最後の性の砦《とりで》というわけか」

――最後の性の砦……？

いったい何を言われているのか理解できずに、須坂はぽかんとする。

そもそもあり得ない方法でドアを押し破られて、乱入された後だ。彼以外に誰がいるのか知りたくなって、須坂はようやく立ち上がった。

トレーナー姿だとどうにも格好がつかなかったが、手櫛《てぐし》で髪を整えながらできるだけクールに尋ねてみる。

「ええと。……あんた、誰？」

やはり、声帯が劣化しているのか、声はざらついて違和感があった。

だが、彼はそんなことには頓着せず、白衣の胸ポケットからＩＤカードを取りだして須坂に突きだした。身長が百八十はある須坂よりも、彼は五センチほど背が低いだけだ。

「俺は、こういう者だ」

そのＩＤカードを、須坂はのぞきこんだ。写真が貼《は》られた身分証だ。

『国立政策研究所、人口問題プロジェクト第一主任、桜河内理人《さくらごうりあやと》』

最近はやたらと高齢化、少子化、人口問題が話題になっている。人口問題プロジェクトというからには、政府関係の研究所だろうか。

桜河内はIDカードを白衣の胸ポケットに戻しながら、説明した。

「国立政策研究所は、政府の肝いりの施策を具体化するために作られた研究所だ。目玉政策に集中的に取り組み、その成果が国民の目にハッキリと感じられる形とするために、各部門から優秀な人材が集められ、巨額の予算が投じられている。今の課題は、もちろん少子化対策だな」

「少子化、か……」

須坂はつぶやいた。

日本においてそれが大問題となっているのは知っているが、恋人も家庭も持たない引きこもりの須坂には、無縁のものに思える。どうして桜河内が自分の前に現れたのか、関連性が理解できない。

だが、桜河内はその猫のように輝くアーモンド形の目で須坂を見据えながら、続けた。

「少子高齢化によって日本経済は急速に縮小していき、生産年齢人口の減少に歯止めが利かない。それをどうにか食い止めよう、具体的には、子供を大量に増やそう、というのがこの人口問題プロジェクトの目的だ。俺の専門は脳だ。錯覚とは異なる病的な『幻覚』を専門にしており、脳を完全に騙《だま》すための3Dホログラムを応用することによって、少子化を食い止めることを研究している」

「はぁ」

曖昧《あいまい》に、須坂はうなずくしかない。

目の前にいるのは、脳とか3Dホログラムの専門家らしいが、それと自分とがどう関《かか》わってくるのだろうか。

　だからこそ、問いただすしかない。

「あのさ、俺はよくわからないんだけど、少子化の問題ってのは、結婚適齢期の男女の給料がうんと減ったり、非正規などの不安定な雇用形態になったことで、結婚や、子供産むのに二の足を踏むようになったのがそもそもの問題なわけじゃ……」

　脳がどうこうということよりも、若者を取り巻く貧困や、社会的な状況の改善のほうが優先されるべき事項なのではないだろうか。

　だが、途中であっさり遮られた。

「そちらの社会的な問題は、別のプロジェクトチームが仕切っている。俺は医学、生物学の分野から、この問題の解決を任された」

　つまり少子化は知ったことではなく、自分の研究を進めたいといったところなのだろうか。

　不意に隙間風が吹きこんできて、須坂は思わずドアがはまっていた枠のほうに顔を向けた。ドアノブの施錠部分を灼《や》ききられただけではなく、反対側も破壊されたドアは枠しか残っておらず、アパートの廊下が丸見えだ。

　こんなところを大家に見つかったら、即座に追いだされるだろう。桜河内が政府関連の人間ならば、ちゃんと賠償してもらえるのだろうか。

　桜河内に視線を戻すと、腕を組んでふんぞり返りながら言ってきた。

「少子化は社会的な原因も大きいが、生物としての男性の性欲の減退も要素の一つに上がっている。それを解決するためには、今の日本では少なくなった性欲の強い男性に、実験台になってもらうことが不可欠ということになった」
――ん？
何やら、話が妙な方向に向かっているような気がする。
まさか自分がその人間なのだろうか。他人の性欲と比較したことはなかったが、持久力、回数とも
に密《ひそ》かに自信はある。もしそれを認められたのだとしたのだったら、どこから桜河内はそのことを知
ったのだろうか。
桜河内は須坂の前で、大仰に眉《まゆ》を寄せた。
「先日、――そうだな、具体的には一週間ほど前の、三月七日。政府のネットワークにアクセス可能
な個人のパソコンに、侵入した者がいる。そいつはその個人のパソコンを踏み台に政府のネットワー
クへの侵入を果たし、保存されていた過去のアダルト映像をごっそり奪い取っていった。俺たちが注
目したのは、その行為の内容だ。今時、そこまで手間暇かけて、古くさいアダルト映像を漁《あさ》る人間が
いるなんて、信じられなくて議論になった」
――ん？
褒められているのか貶《けな》されているのか、微妙に判断しにくい。
だが、そのことを知られていることに、須坂は背筋が冷たくなるような感覚を覚えた。
とりあえず、素知らぬ態度を装うしかない。政府やその関係機関へのハッキングは、今や重罪だ。
「恋愛やセックスに積極的ではない男性が、この日本では急増している。医学、生物学的アプローチ
で少子化問題を解決したいと研究している我が研究所では、そのような精力旺盛《おうせい》な男性の協力を、心
から願うところだ。是非とも我が研究所に呼んで、少子化問題の解決への協力を願いたいと、この俺

自ら足を運んだというところなのだが」

——へ……？

思わぬ方向に転がっていく話に、須坂はギョッとした。

少子化問題への協力というのが具体的には何なのかはわからないが、得体が知れないからまずは遠慮したい。断るためにも、どこまで知られているのか探ろうとする。

「……政府のパソコンに進入して、過去のアダルト映像を漁るなんて、……今時、珍しい男がいたもんだな」

桜河内は何もかもお見通しといったように、艶《あで》やかな笑みを浮かべた。

「ハッキングスキルを使って商売をしているだけあって、さすがに痕跡《こんせき》を辿《たど》るのには時間がかかったそうだが、犯人はおまえだということは今や明らかだ。政府、法執行機関への無権限のアクセス行為は重罪だ。アクセスが発覚した時点で、逮捕、起訴され、釈放された後も保護観察処分を受けることとなる。どんな罪が下るかは、実際に起訴してみなければわからないが、政府機関への無権限アクセスはもっとも重い罪が適用され、一般的には執行猶予なしの拘禁刑五十七ヶ月、というのが相場らしいな」

——拘禁五十七ヶ月。

さすがにその言葉は、須坂の胸に突き刺さった。

インターネットの普及に伴ってネット犯罪は巧妙化したが、それに対する政府の対応は罰則強化というおろかなものだった。毎年のように法改正が行われ、今では政府機関のサーバーに手を出すだけで、実刑が下されることになっている。

須坂は目の前が真っ暗になるような衝撃を覚えた。

今までも引きこもり生活を送っていたが、自由の身なのと逮捕されて拘禁されるのは全く違う。

強張《こわば》った須坂の表情を見据えて、桜河内は表情を緩めた。

「ただし、その犯人が我が国立政策研究所に心から協力するとの意志を示し、協力者として契約してくれるならば、政府機関の一員という身分をさかのぼって適用することが可能だ。今日は三月十三日だから、三月七日の犯行ならば、……ギリギリ適応内だな」

桜河内が何を言っているのかと、須坂は一瞬考えた。

――つまり、国立政策研究所とやらに協力したら、……俺のハッキングは見逃すってことか？

救いの道が開けた気がしたが、脅されているのをひしひしと感じる。

政府機関へのハッキングはタブーだとわかっていながらも、それを行ったのには訳があった。

政府の中枢や軍事に関わっているサーバーには厳重なセキュリティが敷かれ、ハッキングは不可能だと思われたし、手を出しただけでやばかったからもともと近づくつもりはなかったが、須坂が欲しい過去のアダルト映像が大量に保存されている倉庫に関しては、驚くほどセキュリティが甘かったのだ。

――口から手が出そうなほどおいしいご馳走《ちそう》が、ぼろい板一枚で塞《ふさ》がれた倉庫に入ってて、その番人の姿も見えないとわかったら、そりゃあ、理性は薄れるわな。

今のアダルト映像はかなり薄味になっていたが、二〇〇〇年から二〇一〇年にかけてのアダルト映像は驚くほど密度が濃く、マニアック度も高いと知って、血眼《ちまなこ》でそれを追い求めずにはいられなかった。そして、それが政府のサーバーに系統立ててかなりの数、保存されているとの情報を知ってしまったのだ。

セキュリティの甘さに目が眩《くら》んだ。破るのに半日もかからなかった。

すぐにでもそれを視聴したいあまりに、自分の痕跡をごまかすのに多少手を抜いたことは認めるが、それがこんなふうに跳ね返ってくるとは思わなかった。

呆然《ぼうぜん》と視線を向ける須坂に、桜河内は選択を突きつけてくる。

「もう証拠は完全に固まっている。俺の提案を退けたら、その場で刑務所行きだ。こんなところで引きこもっている身分なら、刑務所でもさして違いはないかもしれないけどな。だが、刑務所にネットはない。おまえらのような引きこもりは、ネット環境がないことが、死ぬほど辛《つら》いと聞いている」

どこでそんな知識を入れたのかわからないが、その通りだ。

孤独を紛らわすのに、ネットほど有効なアイテムはなかった。むしろ須坂は、ネットがなかったら引きこもっていられなかったのではないかと思うほど、人恋しい部分があった。ネットで最低限の、人とのコミュニケーションを取っていたとも言える。

「きょ、……協力したなら？」

「さきほど言ったように、サーバーへのアクセスは適法とされる。それにくわえて、おまえがダウンロードしまくっていた、過去のアダルト映像へのアクセス権をやろう。一生見続けても、見終わらないぐらいの量があるらしい。かつての日本は、とんでもない数のアダルト映像を作っていたのだな」

その言葉に、須坂はゴクリと息を呑んだ。

アダルト映像は日本では一九八〇年ぐらいから作られ始め、それから膨大な作品が世に送り出されている。だが、中小メーカーで作られたものや闇《やみ》ルートで流通したものが多かったために、散逸され、まぼろしとなった作品も多い。

だが、変質的な執念でそれを収拾した研究者がかつては存在していた。彼の死後、集められたデータはそのまま、日本政府のデータバンクに収められることになった。須坂がアクセスしたのは、その研究者が収拾したデータバンクの一部だ。

手つかずの宝の山を前に、どうして須坂がノーと言うことができるだろうか。しかも、断れば刑務所行きという脅迫とセットだった。

承諾するしかないだろうが、代償に何を支払われるのか不安になった。

うまい話には裏がある。政府肝いりの少子化プロジェクトというものに対して、具体的なイメージがまるで湧かない。

「俺に、……何をしろと？」

桜河内は組んだ腕を解かずに、薄笑いを浮かべた。

「今、日本は精力旺盛な男を望んでいる。性に対する好奇心が旺盛で、汲めどもつきぬ性欲を持つ男を。かつての日本はそんな男で溢《あふ》れていたらしいが、今や、そんな男は希有《けう》と言ってもいいぐらいの存在だ。……おまえの生態を観察させてくれ。その性欲はどこから湧きだすのか、秘密を突き止めて、医学、生物学的に応用できるようにするのが理想だな」

「残念だが、今の俺は、生身の女にほとんど興味ないぜ」

三年間、ほとんど他人とは接触していない。

須坂の恋人は、右手と言ってもいいぐらいだ。

「事情は知っている。おまえが引きこもりになったのは、とある女にセクハラで訴えられそうになったからだってな」

その言葉に、須坂は息を呑んだ。

引きこもりになる前までは、須坂はゲーム会社に毎日出勤し、チームの皆とシステム開発を行っていた。

だが、そんな生活が一変したのは、新人の女の子が配属されてからだ。毎日のように部署にやってきて、何かと気のあるそぶりをする彼女に自然と惹《ひ》かれた。

タイミングを見てデートに誘ったが、断られた。だが、軽い女だと思われないように、何度か断ってからOKする作戦としか思えない態度だったから、懲りずに誘いを重ねた。

だんだんいい感じになってきたころ、新人歓迎会があった。それが終わりに近づいてきたころ、トイレ帰りの彼女と廊下ですれ違った。

『この後、二人でどこか行かない？』

須坂は彼女を呼び止め、そっとささやいた。彼女はかなり酔っぱらっており、かすかにうなずいて須坂にもたれかかってきた。

須坂がその身体を抱きしめてキスしようとしたところ、いきなり悲鳴を上げられた。

――今でも、訳わかんねえよ。

その悲鳴に他《ほか》の社員が駆けつけてきて、須坂は彼女から引き離された。

翌朝、上司に呼び出されて事情を尋ねられ、いきさつを語ったが、彼女のほうはセクハラだと言っていると返されて呆然とした。

事情がわからないまま職場での立場を失った須坂は、退職に追いこまれていったのだ。

「……どうして、彼女が俺をセクハラで訴えたのか、わかってる？」

須坂にはそれが、いまだにわからないままだ。

それでも、彼女のことが好きでならない。誘いこむような眼差《まなざ》しと、色っぽい身体つきをどれだけ夢に見たことだろう。

自分が退職するほど大事になって、彼女は焦ったり、驚いたりしなかっただろうか。おそらく彼女は、そこまでするつもりはなかったはずだ。

彼女から連絡があったら、「君のせいじゃないよ」と優しく言ってやろうと思っていた。だが、一切連絡はないままだ。

退職の前後から、須坂はぽっかりと空いた空白の中に身を置いているような心地すらする。

「そんなことまで知るか」

冷ややかに突っぱねた桜河内に、最低限、弁解しておかなければいけない気分になって、須坂は切々と訴えた。

「だけど、あの子はすごく可愛《かわい》かった。今でも大好きだ。……普通、女の子のほうから積極的に誘ってはこないから、男のほうから踏みこまなきゃいけないだろ。だからこそ、思いきって踏みこんだというのに、悲鳴を上げてセクハラだと訴えるなんて」

フン、と桜河内は鼻を鳴らした。

「今の男女は恋愛下手だと言われてるな。どちらも極端に傷つくのを恐れて、踏みこまないんだと。だからこそおまえから踏みこんだのは、見上げた根性だと評価してやってもいい。おまえの同僚の言うことには、急ぎすぎただけらしいが」

――ん？

この白衣の研究者は、自分の元同僚に話を聞いたのだろうか。

須坂は聞き捨てならずに尋ねた。

「急ぎすぎた？　彼女は俺のことを、嫌ってない？」

「俺の知ったことか。気になるんなら、元同僚に電話でもしろ」

須坂の過去の恋愛に、桜河内は全く興味を持ってはいならしい。これほどまでの美形だから、自分から積極的に迫らなくても女から寄ってくるだろうから、恋愛には興味がないのだろうか。

桜河内は組んでいた腕を外して、話を切り替えた。

「日本の少子化の原因に、男の性欲の減退というのが一つの要素だとデータに出ている。俺がまさに、このケースに該当する。幼いころから優秀で、飛び級して最短距離で博士号を取得した。研究には興味があるが、動物的な欲望や本能には鈍感だな。人づきあいは面倒《めんどう》だなだけだし、性欲など湧いたことがない」

「性欲が、……湧かない？」

須坂は信じられずに、桜河内を見た。

目の前の研究者が、自分とは違った存在のように思えてくる。

思春期を迎える前後から、男子の性欲は飛躍度的に増大する。世界の全《すべ》てのものが妄想を掻《か》き立てる対象となり、相手などいなくとも、一日何度も手淫《しゅいん》で抜かずにはいられないほどの肉体的欲求がこみあげてくるようになる。

「まさか、一度も抜いたことはないのか？　女のおっぱいの感触はどんなものかと一日中妄想したり、すれ違ったお姉ちゃんが笑いかけてくれたのが忘れられずに、その裸やセックスを一部始終想像したり」

「言った通りだ。女の身体に興味を抱いたことはない。嫌悪感があるわけではなく、それなりに綺麗だとは思うが、どうでもいい。どうでもいい」

「どうでもいい」

驚きのあまり、須坂はそのまま繰り返した。

だが、納得できずに食い下がる。

「で、……でも、一人でするときにはおかずがいるだろ？　何使ってるんだよ」

「おかず？」

「抜くとき」

「抜く？」

「マスタベーション」

ようやく、納得したように桜河内はうなずいた。

「マスタベーションという行為があるのは知ってはいるが、実行したことはないな」

信じられない発言の連続に、須坂は言葉を失った。

——何だと……！

須坂にとってマスタベーションは米のメシと同じぐらい、なくてはいられないものだ。

それをしたことがないだなんて、本当に桜河内は男なのだろうか。

目の前の美しすぎる姿が、アンドロイドのように思えてくる。

「けど、アレだろ。いくら精神的にやる気になれなくたって、健康な男子なら、肉体的に切迫してくるもんだろ？　中学生ぐらいなら、しなかったら勝手に勃《た》つし、漏れるだろ？　せめて夢精とか」

桜河内はきっぱりと言った。

「ない」

「そんなんだから、日本は少子化になるんだよ……！」

思わず須坂は叫んだ。

この日本は、いったいどうなってしまったのだろうか。

考えてみれば、オンラインゲームやインターネットや周囲にある書籍や漫画から、少しずつエロが抜け落ちていったのは、これが原因だろうか。かつての日本のエロいものは、今の比較ではなかったのだと聞く。

それは政府による規制や、エロは隠したほうがよりエロくなるといった法則のためではなく、消費者から欲望が失われていったからだろうか。

煩悶《はんもん》している須坂に、桜河内は軽くうなずきかけた。

「ま、そういうことで、協力してくれ」

それが合図だったかのように、空いたドアの向こうに姿を現したのは、紺の制服を身につけた屈強な男たちだった。警察官ではないようだが、何らかの政府機関に所属しているような空気が漂う。

彼らの前に立ちはだかった桜河内は、あらためて質問を突きつけてきた。

「どうする？　協力するか？　嫌だったら、このまま逮捕となるが」

この状況では、須坂に拒絶する自由はない。

あくまでも合法的な手続きを取りたいのか、須坂の前に自分を売り渡す実験の契約書が差し出された。

ペンを握らされた須坂は、それに署名するしかなかった。


桜河内は蹴破ったアパートのドアを、二、三日中に補修すると請け負ってくれた。

その間、外泊しなければならないせいもあり、須坂はアパートの前に停車していた黒塗りの高級外車の後部座席にしぶしぶ乗りこんだ。隣に桜河内が座ると、車は走りだす。

さすがにこんなものに乗せられると、桜河内が国家権力を背景に、かなりの権限を持っていることを実感させられた。同行した制服の男たちや運転手を、桜河内は顎で使っていた。

——ええと、国立政策研究所の、プロジェクトチームの第一主任って言ってたよな？

それがどれだけ偉いのか、ピンとこないままだ。

だが、車の窓から見える外の景色に、須坂は心を奪われた。

引きこもりになっていた三年の間に、東京の町には見たこともないビルが建ち並び、新たな進化を遂げている。

外に出なくても仕事ができるようになったというのに、道を埋めつくす大勢の人々の姿に、須坂は呆然とした。

「……あ。リアル、モノレール」

臨海部のものだけではなく、新たなモノレール路線が新高速と平行してできたという話をニュースで知ってはいたが、目にするのは初めてだ。その超近代的な車体のシルエットを見ていると、自分が世界から取り残されたような気分になってくる。

部屋から出るにあたり、伸びきったトレーナーをスーツの上下に着替えてきたものの、ぼさぼさの髪が気になった。

引きこもるようになってから無頓着だったものの、勤めていたころにはそれなりに外見には気を使うほうだったはずだ。

——う。……可愛い研究者と会ったら、どうしたらいいんだか。

せめて着替えて、髪を切って、風呂《ふろ》に入ってくるべきではなかっただろうか。横にいるのが美貌の研究者だけに、余計に自分の見栄えが気になってならない。

——けど、……あの子のことを、ずっと好きだけど。

新たな恋を始めるつもりはないが、それでも女性の目は気になるものだ。

モヤモヤしながら車内に視線を戻すと、桜河内はタブレット片手に何やら仕事をしているようだった。

「あのさ。……あんたの職場に、可愛い子っているの？」

遠かったはずの恋のときめきだが、新しい環境に放《ほう》りこまれることでワクワクしてくる。

桜河内という超美形がいるぐらいだし、これから向かうところは容姿のクオリティが高いかもしれない。女性研究者は、インテリで白衣のはずだ。

——超好み……っ。

ツンと取り澄ました理系女子に、自分が性的な実験をされると想像しただけで、ごくりと息を呑まずにはいられない。

「可愛い子？」

桜河内は少しもピンとこないといった様子で、タブレットに視線を落としたまま冷ややかに対応した。

「そんな子に、俺、検査されちゃうわけ？」

そのパターンのアダルト映像は、無数に見てきた。

実験のために、自分はツンツンした眼鏡白衣女子に射精を命じられたりするのだろうか。

想像しただけで、何かエロいものがむくむくと沸きあがってくるのを感じたが、桜河内は氷よりも冷たい態度を崩さない。

「残念ながら、今回の俺のプロジェクトチームには女性はいない。研究所には第五プロジェクトチームまであるが、俺の率いる第一プロジェクトチームは、日本中から選んだ有能な男性実験スタッフ五名で構成されている」

「けど、女性にだって優秀な人いるだろ？」

「当然、いるだろうが、今回の俺のチームにはいないというだけだ。ああ、でも、第二プロジェクトチームにはいる。実験室は隣り合っていて、机のある部屋は全てのプロジェクトチームが一緒になってはいるが、おまえはうちのチームの人間しか会わない」

それでも女性のいるチームの様子が気になって、須坂は尋ねた。

「第二プロジェクトチームって、何をやってんの？」

「海の生き物を研究している。具体的に言えば、魚類に特徴的な女体化ホルモンについてだ」

「女体化……！」

「哺乳類《ほにゅう》はホルモン異常などがなければ、通常、遺伝子に決められた通りの性別になる。だが、魚類や爬虫類《はちゅう》は、哺乳類ほど雌雄の区別がきっちりしていないものがあるんだ。雌雄同体のような状態のものも多くて、何らかのきっかけによって性別が切り替わる。それが哺乳類にも応用可能かどうかを、研究していると聞いたが」

「そんなことができるわけ？」

「人に応用するのは時期尚早だと俺は思うが、政府プロジェクトに選ばれて莫大《ばくだい》な予算もついたってことは、何らかの具体的な方法が発見できているのかもしれないな。そのあたりは、極秘で研究を進めているところだから概要しかわからない」

「ふーん」

全くピンとこないでいると、思い出したかのように桜河内がつけ足した。

「第二プロジェクトチームの主任は菊池《きくち》という気障《きざ》でおしゃべりな男性だ。だが、その助手に女性がいる。六十すぎのふくよかな女性で、魚の世話をするのが上手らしい」

――六十すぎ……っ。

さすがにそれは二十代後半の須坂にとって、守備範囲外だ。

気になる異性は存在しないという研究所に早くも失望感たっぷりだったが、車はしばらく走ると停《と》まる。

国立政策研究所は、東京湾に新しく造成された埋立地に作られた、近代的な建物だった。広大な敷地内は、セキュリティのしっかりした白い壁で囲まれている。

この地は都心部と高速道路で結ばれ、大企業の本社ビルや政府の関連施設も多く誘致されているらしい。地名はニュースなどでやたらと耳にしていたから、馴染《なじ》みもある。

正面のエントランスに停車した黒塗りの高級車から降りたって、須坂は研究所を見上げた。

——ここか。

巨額な国費が投じられていることは、見ただけでもわかった。

エントランスから中庭のあたりまで見通せる、強化ガラスで造られた金のかかってそうな建物だ。

「こちらへ」

桜河内が先に立って案内した。

正面の出入り口にはガードマンが立っており、その横にある受付で、桜河内は須坂のために受付をして、ＩＤカードを受け取る。

そのＩＤカードは自動で読み取られ、リアルタイムで館内のどこにいるか把握できる仕組みらしい。

極秘の研究がなされている関係上、各ＩＤによって出入りできるエリアは異なるそうだ。退館のときにも、所定の手続きが必要らしい。

「つまり、俺は自由に外に出ることもできないわけ？」

説明の途中で須坂が思わず口を挟むと、桜河内はその質問には答えずにさっさと歩きだした。

「滞在してもらう部屋に案内する。こちらへ」

何も聞こえなかったように歩きだす桜河内の背を、須坂は追うしかない。

——こいつ、……都合の悪いことは聞こえないフリをするタイプか？

そのあたりのことについて言及したかったが、須坂は次々とすれ違った美人の白衣の研究者に目を奪われた。

桜河内は自分のプロジェクトチームに女性はいないと言ったが、見回せばそれなりに女性がいるようだ。

彼女たちにアプローチするにはどうすればいいのか考える須坂をよそに、桜河内は廊下をどんどん奥のほうに向かって歩いていく。

ガラス越しに、庭の緑が美しく目に映った。

ロビー近くには女性は大勢いたというのに、緩く上がっている廊下を進むにつれて人の姿は減り、別棟になった銀色の建物に入ると女性の姿は皆無になった。

——あれ？

そのことに戸惑いながら、桜河内に続いて背後の銀色のドアをくぐる。

明らかに人の気配のないエリアに踏みこんだような気分でいると、桜河内が廊下の右側にあるドアの前に立った。自動でＩＤを認識するのか、ボタンを押すとドアが開く。その中に入りながら、ようやく須坂を振り返った。

「こちらへ」

そこは八畳ぐらいの、病室のような部屋だ。

天井が高く、壁が真っ白に塗られている。照明やドアは凹凸なく作られ、ベッドは作りつけのようだ。

クローゼットと机と椅子《いす》が置かれているだけの、やたらと機能的な雰囲気だった。

ベッドに座って見られる位置に大きなディスプレイがはめこまれており、病人が着るような水色の着替えが置かれている。

「ここが、おまえに滞在してもらう部屋だ。……椅子は一つしかないので、おまえはそちらに座れ」

うながされてベッドに座ると、椅子にどっかりと座りこんだ桜河内が長い足を組んだ。

「しばらく、ここにいてもらう。食事は三食、決まった時間にそのサーバーに届く。飲み物も、そのパネルでオーダーすればいい。研究所の図書館の本やデータも自由に使って構わないから、他に欲しいものがあったらそのパネルで請求しろ。バスとトイレは、そのドアの向こう」

一通り説明した後で、桜河内はいそいそとタブレットを取りだした。

「早速だが、まずは初期データを取らせてくれ。このベッドに座ってれば、血圧、心電、体成分測定、脳波派など一通りスキャンできる仕組みだが、最初に採取しておきたいものがある。そのために、おまえに特別に準備しておいたものがある。そのディスプレイをつけろ」

使い方を説明するつもりらしいので、須坂はベッドの上で向きを変えて、言われるが通りにディスプレイの電源を入れた。

「タッチパネル方式になってる。選んでいけば、好きなアダルト映像が流れる。好きなものを選べ」

「好きなの？」

「ああ。おまえが欲しがっていた過去のアダルト映像を始め、この日本でリアルタイムで配信されているアダルト映像が、公費で見放題だ」

そんなふうに言われて、須坂は生唾《なまつば》を呑んだ。

そう聞けばディスプレイに手を伸ばしてすぐにでも確認を始めたいところだが、さして遠くないところにいる桜河内の存在が気にかかる。

　――俺にエロいのを見せて、どうするつもりなんだ？

　早くアダルト映像をチェックしたくてそわそわしながらも、須坂は言ってみた。

「あの。……まさか俺は、オナニーしている様子とかも、観察されるわけ？　その、やり方とか、癖とか、俺の神業に近い指テクとか、そういうのが記録として残されていくわけ？」

「マスタベーションする方法については、研究対象ではない。日に何度マスタベーションするか、それにどれだけ時間をかけるか、さらにそれに伴う身体の変化などは自動で記録されることになる。さらに、第一プロジェクトチームが開発した秘密兵器に、どれだけ実用性があるのか調べたい」

「秘密兵器って、どんなの？」

　興味津々に尋ねたが、またしても軽く流された。

「じきにわかる。あと少しで完成する。さぁ、好きなものを見ながら、マスタベーションしろ」

「……で、あんた、ずっといるの？」

　自慰の様子を見られるのがどれだけ精神的に障害となるのかを、桜河内は認識していないのだろうか。見られているだけで勃起《ぼっき》しないという男もいるだろう。

　――ま、……自分ではやったことがないって言ってたけど。

　それが須坂には信じられない。

　桜河内は須坂とさして変わらない年齢に見えたが、あんな素晴《すば》らしい快感を知らないなんて人生を損しているし、身体にも悪い。

　桜河内にもこの素敵《すてき》な行為を教えてやりたいと思いながら、まずは好みのアダルト映像を探すことにした。

須坂の好みは、胸が大きめで美乳の、色白ショートカットの女の子だ。目が印象的で、可愛いタイプがいい。最初は清純な感じなのに、始まると雰囲気がエロくなるのも好きだ。

いまだに自分をセクハラで訴えた彼女に似たタイプの女優を捜してしまうことを切なく思いながら、須坂は画像をチェックしていく。

その間、桜河内はタブレットから顔を上げて、興味深そうに須坂の様子を眺めていた。

——気になるなぁ、もう……っ！

無視しようとしているのに、完全には無視できない。

片っ端からサンプルをある程度チェックした後で、須坂は桜河内に視線を向けた。

彼は椅子に深くもたれて、ディスプレイを真剣に見守っていた。そんなふうにしていると顔立ちの精緻《せいち》さと相まって、作り物のように見える。

そんな桜河内から人間らしさを引きだしたくて、須坂は口走っていた。

「……せっかくだから、おまえにオナニー教えてやるよ。少子化対策が問題になってんだったら、おまえみたいに性欲を覚えないタイプに、オナニー教えてやるほうが有効じゃないのか？」

桜河内は、ハッとしたように身じろいだ。

だが、毅然《きぜん》と顎を上げて拒んでくる。

「必要ない」

そんなふうにされると、須坂の中でどうしてもさせたいような気持ちがこみあげてくる。熱をこめて言ってみた。

「けど、普通、あり得ねえぜ。男として生まれたからには、オナニーの快感ぐらい知っておくべきだって。相手がいるセックスもいいけど、オナニーはオナニーとしての完結した快感ってもんがある。あんな素晴らしいものを知らないなんて、もったいなさすぎる。あんたの研究にも差し支えると思うけど」

一度覚えたら、桜河内もはまるはずだ。

自分一人だけ自慰を観察されるのではなく、桜河内も引きずりこみたかった。

じっと見つめてくる桜河内をベッドに差し招いたが、警戒されているのか、椅子から立ち上がろうとしない。

ことさら甘い声で、須坂は誘った。

「こっち来いよ。教えてやるって。あんたも自慰のやり方ぐらい知っておかないと」

「やり方は、当然知っている。単にやる気にならないだけだ」

クールに言い放たれたのが気に障って、須坂はベッドから立ち上がった。こんな頭でっかちの頑固者には、まずは身体で思い知らせたほうがいい。知ったら、病みつきになるはずだ。

須坂は桜河内の座る椅子の前に立ちはだかり、逃げ道を塞いでから屈《かが》みこんで、いきなり白衣の股《こ》間《かん》に手を伸ばした。引きこもりになる前までは、女の子数人と付き合ってきた須坂だ。さすがに男の股間に興味が湧いたことはなかったが、桜河内が相手なら、どうにかなりそうな気がする。

「何をする！」

弾《はじ》かれたように大きく震えた桜河内が立ち上がれないほどに椅子を固め、てのひらで質感のある部分をまさぐった。

「……っ！」

途端に、ぞくっとしたように眉を寄せた桜河内の表情に、須坂は釘《くぎ》付けになった。

――ヤバい……。

ドクンと心音が跳ね上がるほど、エロくてそそる顔が目に灼きつく。

「…はな――っ」

もっと桜河内のその表情が見てみたくて、須坂はさらに大胆に指先を動かした。他人の手に触れられることに嫌悪感があるのか、桜河内はぶるっと身体を震わせて肩を寄せた。

それから、潤んだ目で須坂を鋭くにらみつけてくる。

「離……せ……っ！」

その表情も、やたらと須坂を煽《あお》った。

須坂は取り憑《つ》かれたように桜河内から目が離せなくなりながら、ささやいてみる。

「離してもいいが、……ッ、そしたら、あとは自分でできる？」

「っ、……何をだ」

「オナニー。一度、してみろよ。俺が直接教えてやるから」

声がみっともないほど上擦っているのが、自分でもわかった。

男の性器に興味などなかったはずだ。だが、桜河内のこんな顔と引き替えなら、触っても構わない。

男に対するものとは思えない欲望がざわりと背筋をかすめる。

すぐそばにある唇に、キスしたくなる気持ちを抑えるだけで精一杯だった。桜河内のようにぷっくりとした唇は、キスするととても気持ちがいいと知っている。

「自分でできないんだったら、俺が最後まで面倒を見てやるけど？」

　ふんぞり返っていた桜河内の冷ややかな表情がこんなふうに変化するのが、楽しくてならない。形勢逆転だ。

　どうする？　とばかりに、桜河内の性器に触れた手を淫《みだ》らに動かすと、彼はまた眉を寄せた。そこは少しずつ硬くなっているようだ。さらにもっとどうにもならないところに桜河内を追い詰めてやりたくて、須坂の指に熱がこもる。

「…ふ、ぁ…っ！」

　びくっと、全身がのけぞるほどに反応された直後に、肩で胸を押しのけるように腕を振り払われた。その力の強さに、須坂はビックリする。女の子を抑えつけるぐらいの力しかこめられていなかったが、男が相手ではこんな結果になるらしい。

　須坂の前で、桜河内が白衣の裾《すそ》を引っ張って椅子に座りなおした。

「ったく。……だったら、試してみよう。……俺も、……すれば、……いいんだな」

　耳まで真っ赤になっている。

　学問的な好奇心があるのか、それとも須坂に触られて身体がおかしくなっているのか、自分から前をはだけていく桜河内を見ていると、須坂もたまらなくなってきた。

「そう」

　須坂もベッドに戻り、見本を示すようにペニスを引っ張り出した。桜河内のほうを見ると、それを素直に真似《まね》ようとしている姿が見える。そんな桜河内にたまらなくそそられながら、須坂はペニスを片手で握りこんだ。

「え、……ええと、おかずは……何にする？」

ずっと桜河内のほうを見ていたかったが、そのエロい表情にこれ以上囚《とら》われるのは危険だった。

須坂はディスプレイのほうに腕を伸ばし、選んであったアダルト映像を流すことにする。好みの色白美乳タイプのものだったが、いっそ白衣の女医か、女教師あたりにしておいたほうが良かった。

──桜河内に似た、セクシーで知的な美女タイプ……とか。

冒頭十五分をすっ飛ばしたから、ディスプレイではすでにエロいプレイが始まっているというのに、須坂の意識はアダルト映像に向けられてはいない。視界の端に、見えるか見えないかぐらいに存在している桜河内のことばかりが気にかかる。

意識するだけでムラムラとこみあげてくる欲望に煽られるがままに、須坂は自分の硬くなったペニスをしごき始めていた。

「っは、……っは、は……っ」

普段なら、こんなところを同性に見られるだけでも抵抗がある。だが、今はむしろ桜河内の存在が興奮を後押ししていた。性器に触れながらも、桜河内のほうに視線を向けたくて仕方がない。

──ちゃんと、一人でできてんのか？

彼は自分のほうを見ているのだろうか。それとも、初めての自慰に没頭して、目を閉じて色っぽい顔をしているのだろうか。

想像しただけでも息を乱した須坂の耳に、桜河内の声が届いた。

「で、……これをどうすればいい……？」

その声に誘われて、須坂は顔を向ける。桜河内が困惑したように性器を握りしめている姿が、目に飛びこんできた。

適当に弄《いじ》っているものだとばかり思っていたのだが、持てあましていたらしい。

からかいたい気持ちになって、須坂は笑った。すっと、肩から力が抜けた。

「やり方ぐらい、知ってるんじゃなかったのか？」

桜河内があまりにも色っぽすぎるからヤバい領域にまで踏みこみそうだったものの、これくらいはよくある話だと自分に言い聞かせようとする。須坂自身では経験ないが、男子生徒がエロ画像や動画や本を共用して、同室で抜くぐらいは普通のことだろう。

「知っているつもりだったが、実際にしてみても、……気持ち……よくない」

そんな桜河内に、須坂はやり方を説明することにした。

「だったら、まず……利き手で、……ぐっと握れ。……人差し指と親指が、カリの下に回るように、……包みこむ。そう、……その状態で、上下に……動かせ」

自分でもその形にペニスを握りこむ。

しごくたびに、ぞくりとするような快感がそこからこみあげてきた。

「こう、か？」

須坂の真似をした桜河内が、手を動かした途端に息を呑むのがわかった。思わず目で、その表情の変化を追ってしまう。知識はあっても実行したことがないという桜河内が、素直に真似をするのがやたらと可愛く感じられた。

その姿を見ているだけで興奮がこみあげてくるのを感じながら、須坂は説明した。

「そう。……あまり強く握りすぎる…な。短時間ですまそうとも…するな。遅漏や早漏になる。……

それと、いつも同じ体勢ではしない……こと。いざ女を相手にしたときに、……応用が利かなく……なるからな」

しごきながらなので、声は途切れがちになる。

桜河内のほうも、手の動きを止めずに言ってきた。

「女を、……相手にしたときのことまで、……考えてるのか？」

「当然だろ。……おまえだって、少子化を解消したい……んだったら……」

話をすることで余計に桜河内の存在が頭から離れず、早くもビクビクとペニスが脈打ってくるのが感じられた。だが、桜河内よりも先にイクわけにはいかない。

刺激を加減しつつもそろそろ次の段階に進んでいいかと思って、声を放つ。

「悦《よ》い、か？」

尋ねると、桜河内は少し開いた唇を舌先で湿しながらつぶやいた。

「わから……ない」

桜河内の性器のあたりは白衣で隠されていたが、色白の頬《ほお》にほんのりと血の気が差していた。息も乱れて、ぞくっと震えるたびに眉を寄せる表情が、やたらと色っぽい。

それを見ているだけで、須坂の性器の先端にじわりと先走りが滲《にじ》んだ。

「……う」

小さくうめくと、須坂の反応の何かが計器を刺激したのか、桜河内の横に置かれているタブレットが短く電子音を発した。

それに気づいた途端、桜河内は冷静な研究者の顔を取り戻し、触れていた自分の性器から手を離し

た。慌ただしくタブレットを操作し始める。

「よし。……反応してる。そのままイけ……っ。後は射精までの間、全身の状態をそのまま計測する」

——な、……何……？

密かにおかずにしていた桜河内を取り上げられ、何もなしでイケと命じられて、須坂は狼狽《ろうばい》する。だが、そのことを桜河内本人に知られるわけにはいかなかった。かといってつけっぱなしのディスプレイのアダルト映像に、今さら感情移入することもできない。

中断したくなったが、桜河内に言われるがままに射精してやりたいような淫らな気分もこみあげてくる。須坂は過去に蓄積した全てのテクニックと妄想力とを駆使して、とにかくイクことだけに集中することにした。

「っく……っ」

手の動きに力をこめる。

だが、『これを想像したら絶対にイク』という絶好のおかず妄想に混じって、さきほどの桜河内のエロい表情が脳裏をチラチラとかすめる。

桜河内が完全に自分の中でおいしいおかずと化していることを実感しながらも一気に昇りつめようとしたとき、目の前に誰かが立っているのに気づいた。

反射的に視線を上げると、そこにいたのは生の桜河内だ。

——え？

ゾクッと全身が冷える。

絶頂の予感に動きを止めた須坂の前で、桜河内は屈みこんできた。生身が持つ息づかいとともに、肌の匂《にお》いを吸いこんだ瞬間、須坂の全身を電撃が貫く。それだけでは終わらず、桜河内の手にぐっとペニスを握りこまれて、須坂の腰を強烈な興奮が貫いた。

「っぁ！　あ、あ……っ、イク……っ」

桜河内の手に腰を擦《こす》りつけるように、須坂は達した。ドクドクという脈動を感じながら、おびただしい量の精液を吐き出していく。

そんなペニスに、ひんやりとした硬質のものが押しつけられた。今の須坂にとって、全ては興奮を煽るためのものでしかない。乱れた息を整えながら見下ろすと、桜河内はビーカーを押しつけるようにして精液を採取していた。

「っな」

何をしているんだと尋ねたかったが、いつになく強烈な射精の快感にまともに声も発せない。

息が整い、ベッドサイドに置かれていた箱のティッシュで後始末をし終わったときには、桜河内は採取したガラス容器に栓をして、銀色の箱に収納していた。

「……俺の精液、……採取して……どうしようっての？」

ようやく声を発すると、桜河内は冷静な声で言ってきた。

「分析する。量、濃度、運動率、正常精子の数、奇形精子の数を見る。男性の不妊症も社会問題となっているから、その調査の一環だ。俺のチームはそういうものが対象ではないのだが、絶倫の男性を調査するということで所長に申請を出しておいたら、それを聞きこんだ別のプロジェクトチームから、是非ともこれらも調べてくれとねじこまれ、協力することになった」

——絶倫。

綺麗な桜河内の口から自分に対して『絶倫』などという評価の言葉が飛びだすことに、須坂はドキドキしてしまう。今後も桜河内が手ずから採取してくれるのなら、いくらでも協力してやると軽口を叩《たた》こうとしたが、あまりにも気持ち悪く思われそうで自粛する。

――何せ相手は男。俺も男。俺はノーマル。

なのにどうして桜河内に血迷っているのか、自分が理解できない。

――こんなにも、綺麗すぎるのはいけない。

冷静になろうと深呼吸しながら、須坂は言った。

「協力してやってもいいが、そんなふうに分析されることで、俺にとってのメリットとかあるわけ？」

「最初に言っておいたが、協力しなかったら刑務所行きだ。そのことを、よく考えろ」

その冷ややかに取り澄ました表情からは、先ほどの自慰の痕跡は少しもなかった。

だからこそ、乱したくなる。

また桜河内に自慰を教えこむという名目で触れて絶頂まで追いこんだら、彼はどんな表情を見せるのだろうか。

そんなことが、須坂の頭から離れなくなっていた。

〔二〕

――刑務所よりはマシ。

そんなふうに思われた研究所での実験体暮らしだったが、須坂は次第にその暮らしに適応していった。

居住ルームの内部は二十四時間監視され、自慰するたびにスキャンされるそうだが、研究に関係しない監視カメラからの画像データはプライバシーに配慮して、一定時間ごとに消去されるらしい。

この録画を管理しているのは桜河内本人であり、他のスタッフは見ないことになっているので、気楽に過ごせと言われた。

――気楽と言われてもな……。

最初のうちはそれでも落ち着かなかったのだが、三日も経《た》てば慣れてくる。

いつ、どのようにスキャンされているのかを気にしなければ、居住ルームの中では誰とも会わない。ずっと放置され、愛用のノートパソコンの持ちこみも許可されて、好きなように過ごしていいことになっていた。

着るものやシーツはいくらでも交換してもらえるし、必要なものは何でもタブレットで注文すれば届く。

自宅でもずっと引きこもりだったし、場所が変わっただけだ。須坂はじきにそう思えるようになった。さらにいくらでも見放題の、アダルト映像もある。

——これを見て、好きなだけ抜くのが仕事だと言われた……。

どうやら桜河内や人口問題の別のチームのメンバーは、『絶倫男性』の日常の性生活の様子が知りたいようだ。それを他の人間と比較でもするのか、何に使うのかは須坂にはわからない。

自分しかいない居住ルームで、ディスプレイにかじりついて自慰をするたびに、誰かに見られているような落ちつかなさを覚えることはあったが、それでも見放題の映像への誘惑には逆らえず、須坂は片っ端からそれを見ては、退屈に任せて抜いていく。

——連続で五回……！　どうだ……っ。

疲れ果てて眠りに落ち、途中だったものの続きを見たくなって、また始めてしまう。

——何という動物的な生活。

観察されているのを意識することで、自分の姿を客観的に見られるようにもなった。そんな自分に対する反省もあったが、他にやることはなかったし、これを観察したいんだろ、というやけっぱちな気持ちも存在する。

バランスのいい食事も、三食差し入れられた。

食べ物と精子の元気さとの相関関係を調べるために、少子化に関する食品プロジェクトチームが開発したものだと説明を受けたが、とてもおいしい。

そのうえ、何だか力がみなぎるような気がする。

毎日のようにアダルト映像を見ては自慰に励み、抜いては眠り、起きては食べてアダルト映像を見る。時折、精液も採取される。

いくら見ても、画像は無尽蔵だった。

ここでの生活は日数に応じて報酬も支払われると、最初の契約のときに説明されてもいる。それは須坂が自分で稼ぐよりも、ワリが良かった。

それでも、サルのようにディスプレイに貼りついていられたのは、最初の十日だけだった。さすがに空《むな》しくなる。ここに来る途中に三年ぶりに町の様子を見たせいもあって、外に出て他人と交わりたくなった。

頻繁に思うのは、引きこもりになる原因を作ったあの子と再会することだ。

——やっぱり、……今でも好きだなぁ。

自分のことはとっくに忘れて、今頃《いまごろ》彼氏でもできているだろうか。だが、未練が消えない。その未練を断ち切るためにも、一度は会いに行かなければならないだろう。

——まだ同じ職場にいるかな。

須坂が培ったハッカー技術を駆使すれば、元の職場のサーバーにアクセスして、彼女がまだ在籍しているかについても探り出すことができるだろう。だが、考えるだけで胸がモヤモヤして、冷静ではいられそうもない。

その代わりに、須坂がこっそり探り始めていたのは、この国立政策研究所についてだった。厳重なセキュリティで外部からは守られているようだったが、内部からのアクセスは比較的容易だ。アダルト映像が収められていたサーバーへの不正アクセスを知られて脅されたばかりだったが、今なら協力者でもあるから、監視の目をすり抜けることができそうな予感がする。おそらくこのセキュリティは破れるに違いないと、あらゆる方法を試しているところだ。

——こんなことをしているのが知られたら、また刑務所行きだって脅されるだろうけど。

だが、須坂に知らされる情報は少なすぎて、納得できない。自分がどんな実験に協力しているのか、協力することによってどんな成果が上がるのか、そのあたりのことについて知りたいと思うのは当然のことだろう。

最初の日以来、桜河内はこの居住スペースに姿を現さなかった。好きに過ごせ、と言い残されたあとは、精液を採取するキッドが無人で送りこまれ、マイク越しに指示されるだけだ。

最初は快適に過ごしていたものの、放置されている感覚に退屈がつのっていく。

ことあるたびに、桜河内の美貌を思い出すようになっていた。

アダルト映像を見ているときも不意に生々しく蘇《よみがえ》ってくるのは、桜河内が自慰をしているときの色っぽい表情だった。甘く漏れた息づかいをもう一度聞いてみたいという欲望が、日々つのっていく。

——だけど、……俺はゲイじゃない。

男相手に、その手の欲望を抱いたことは一度もなかった。

こんなふうになるのは、桜河内の美貌のせいだ。あの高慢そうな態度とも相まって、ドキドキさせられるに過ぎない。

そう自分に言い聞かせていたはずなのに、気づけば桜河内に自慰を最後まで教える、というストーリーを頭の中で組み立てながら、ペニスを擦りたてている自分に気づく。

我に返った瞬間に、例の彼女と似たアダルト映像でお口直ししたのだが、桜河内は須坂の中で何かと困った存在になっていた。

——やばい。……俺、やばい……。

何度も頭を抱える。

桜河内と会わない間に発酵していく妄想を正すためには、やはりその本人に会って修正するしかないような気がしてきた。

好みの色っぽい女優のアダルト画面を前にしても、まるで集中できない。

なかなか反応しなくなった自分のペニスに苛立《いらだ》ち、勃起させるためにまた、桜河内のエロい顔を思い出そうとしている自分に気づいた途端、須坂は思わず叫んでいた。

「うわあ！」

ここまで桜河内に毒されていることに耐えかねて、どこにあるのかわからないマイクに向かって怒鳴る。

「……っ、桜河内！　ちょっとこっち来い！　俺は実験室の中のサルじゃねえ！　どっかから見てるんだろ……！」

大量のアダルト映像さえあれば、一生おかずには困らないと思っていた。まだまだ未視聴のお宝映像がごっそりと残っているのに、全く興奮しないなんておかしい。

桜河内の顔に反応するなんて、あり得ない。

——これは、ただの気の迷い。

須坂は自分に言い聞かせようとした。

人恋しいのと、あまりにも大量のアダルト映像を一気に見たことで、自分の中で回路が変になっているのだ。現実の桜河内の姿さえ目にしたら、混乱した頭の中も落ち着くに違いない。

だが、叫んでも反応はない。

ディスプレイを消し、ふてくされてゴロンとベッドに仰向けになったときだ。

音もなく、部屋のドアが開いた。

そこから姿を現したのは、この上なく無愛想な表情で白衣のポケットに両手を突っこみ、ふんぞり返った桜河内だった。彼がここに現れただけで、部屋の空気が変わった気がする。

桜河内は無言でベッドの脇《わき》まで歩み寄ると、氷のように冷ややかな目で見下ろしてきた。それだけで、須坂の鼓動はドクンと跳ね上がる。

「俺に、……何か用か？　実験体」

須坂はベッドから跳ね上がるように、上体を起こした。

現実の桜河内を、顔を寄せてまじまじと眺めてしまう。

「用ってわけじゃないけど。……けど、ここまで放置ってのはないんじゃないの？」

自分が思うほど桜河内のほうは須坂に会いたくなかったということは、その全身から漂わせた不機嫌さから読み取ることができた。だが、その姿を目にするだけで須坂の心は無条件に浮き立っていく。

こんな感覚には、覚えがあった。恋をしたときだ。だが、自分がこの白衣の冷血漢に恋をしたなんて思えなくて、須坂はその判断のほうを疑う。

桜河内は不可解なものに接するように、軽く頭を振った。

「引きこもりだと言っていたから、可能なかぎり接触せずにいてやろうと思ったのに」

「え。もしかして、この放置は親切？」

気に食わない相手なら、そんな親切は大歓迎だ。だが、気になっている相手に放置されたら、逆に気になるに決まっている。

桜河内はハッキリ言葉にしないと伝わらない相手だと判断した須坂は、心をこめて言ってみた。

「俺はあんたにならら、もうちょっと構われたほうが嬉《うれ》しいんだけど」

反応をうかがいながら言ってみたのだが、桜河内はそれを完全に無視する。近くにあった椅子の背もたれに手を伸ばして角度を整え、座ってから長い足を組んだ。それから、タブレットに視線を落とす。

「これまでのデータを見たところ、やはりおまえは勃起までの早さ、維持する時間、精子量ともに優良だ。だが、このところ、少し勢いが薄れている。その原因について心あたりはあるか？」

——俺の発言は、完全に無視かよ……。

そのことについて言及したくはあったものの、須坂はその質問にまずは答えることにする。

勢いが薄れたと言っても、いきなり大量の手つかずのアダルト映像を与えられ、好きなだけ観《み》てもいいと言われた最初のころが異常だっただけだ。

それらのデータを全て記録されていたことに、今さらながらに気恥ずかしさを覚えた。

髪がボサボサなのに気づき、手櫛で撫《な》でつけながら、須坂は言ってみた。

「いくら妄想力が豊かな俺でも、さすがに飽きた。現物を相手にしたら、また別だと思うけど」

抜けば抜くほど空しさがつのる。それを観察されて、データを取られてるときたらなおさらだ。

「だが、最初に顔を合わせたときのおまえの発言によれば、あれだけのアダルト映像があったら、一生おかずに困らないと言っていたはずだ」

そんなことを言っていた気がする。

だが、引きこもっていた時期と比べて、少しずつ自分の中で何かが変化していた。

桜河内が前にいるだけで、もっと近づいて親しくなりたい気持ちが切迫するほどにこみあげてくる。

だが、ツンと取り澄ました態度に拒まれる。

「さすがにあれだけAV見てたら、多少は飽きる。ご飯だけでお腹《なか》は一杯になるけど、別のおかずも食べたくなるのと一緒」

「よくわからないが、その発言は記録しておこう」

タブレットにメモを取っている桜河内から、須坂は視線を離すことができない。

その少しふっくらとした唇と、キスをしてみたい。あの色っぽい表情を見るためなら、桜河内のペニスをまたさんざん弄り回してやってもかまわない。自慰すら知らないという身体に、初めての快感を教えこんだら、どんな反応を見せるのだろうか。

そんな感情が次から次へと押し寄せてくることに、須坂は混乱した。

実際に桜河内を前にしたら、発酵した妄想は消えてなくなると期待していた。だが、むしろ悪化している。桜河内に自慰を教えてやるシチュエーションに持っていくには、どう仕掛けたらいいのかと考え始めていた。

その前に少しだけためらって、須坂は切り出してみる。

「一つ、質問があるんだが」

「何だ?」

「あんたたちの研究においては、同性愛っていうのはどういう存在なの? 少子化を阻む悪?」

日本では同性愛に対する法整備が欧米各国よりも大幅に遅れ、つい数年前に同性婚が認められたところだ。

一定数のコミュニティはあるらしいが、まだごく一般的なものとは言えない。だからこそ、須坂の中には抵抗感があったし、桜河内がどのように考えているのか知りたかった。

「医学的には、同性愛は病気ではなく、正常であると証明されている。人間以外の生物において、同性愛と解釈できる行動は、決して珍しいものではないしな。我がプロジェクトチームでは、その分野に踏みこむことなく、ヘテロセクシャルの男女の生殖における諸問題を解決することによって、日本の少子化問題を解決することが求められている」

「なるほどね」

須坂は曖昧にうなずいた。

桜河内は特に同性愛に偏見を持っていないようだ。だが、逆に興味を持っているとも思えない反応に思えた。

「で、――あんたのチームは、具体的に何を研究してるんだっけ？」

３Ｄホログラムがどうの、って言っていたが、今まで須坂がデータを取られていたのは、それとは無関係だったように思えてならない。

よくぞ聞いてくれた、とでも言いたげに、桜河内は深くうなずいた。

「今までは、他のプロジェクトチームの基礎データ集めに協力していただけだ。待たせたが、ついに我がプロジェクトチームの自信作が出来上がった。おまえにテストしてもらう。持ってくるから、少し待ってろ」

そう言い放つと、桜河内は廊下に消え、しばらくしてから何やら縦長のコンピューターらしきものが積まれたカートを押してくる。

ディスプレイがつけられているその装置は、ＩＣＵなどにある生命維持装置に似ていた。桜河内が長いコードがついたスキー用のゴーグルのようなものを、自慢気に見せびらかした。

「これは、何だと思う？」

「これで、３Ｄのホログラムが見えんの？」

映画や家庭用のテレビなどでの３Ｄ動画技術は、すでに確立されている。

須坂の言いざまを鼻で笑いながら、桜河内はゴーグルを手渡し、装置の電源を入れた。

「このところ、これの最終調整に没頭してたんだ。これは、我が第一プロジェクトチームが心血を注いで開発した、ホログラムによる疑似性交装置だ。ホログラムのまぼろしを使って、五感を騙す」

「五感を、……騙す？」

ピンとこない須坂に、桜河内は言葉を継いだ。

「３Ｄ画像は今やあたりまえのものになっているが、まだまだ触ることはできない。だが、このゴーグルをつけることによって、視覚が他の感覚より優先され、触覚も惑わすことができるんだ。触覚よりも視覚が有利に働くことによって、あたかも目で見た通りのものを触っているように感じられる。これを実現できたのは、視覚の有利性と脳の錯覚を利用した原理なんだが……」

桜河内の説明が専門的な領域に踏みこんでいったので、焦《じ》れったくなった須坂はその効能を実感すべくゴーグルを装着してみた。

途端に、目の前の桜河内の姿が劇的に変化した。

――え？

現れたのは、三年前に須坂をセクハラで訴えた彼女の顔だ。何でいきなり彼女が現れるのかと仰天して、須坂はゴーグルを外す。途端に彼女の姿は掻き消え、桜河内の姿が戻ってきた。

――何、これ……っ。

心臓がバクバクと鳴り響く。

彼女の姿を見ただけで、自分がここまで動揺するなんて知らなかった。

そんな須坂に気づいて、桜河内が手からゴーグルを取り上げた。

「驚いたか？」

これが全て桜河内の仕業だとわかった須坂は、嚙《か》みつくような勢いで尋ねた。

「今のは何だ？」

「何って、……おまえが見たのは、３Ｄホログラムによる映像だ。ここで視聴していたアダルト映像の女優から、おまえの好みを割り出したところ、その姿はとある女性に酷似していた。だからこそ、その女性そのものを再現したほうがいいと考え、彼女本人に３Ｄホログラムのためのデータを取らせてもらうことになった」

――何だと……。

ずっと会いたいと願っていた女性の姿を突きつけられたことで、胸がチリチリする。須坂を退職に追いやった、愛《いと》おしくも憎い彼女の姿だ。

「彼女と……会ったのか？　どうしてた？」

彼女のことを思い出すだけで狂おしいような気分になって、須坂はうめく。ホログラムでその姿を再生されただけで、これほどまでに胸が締めつけられるなんて思わなかった。

桜河内はそんな須坂の表情を見つめて、すうっと目を細めた。

「彼女のことが、今でも好きなようだな。俺には他人を好きになるというのがどんな感覚なのかはわからないが、それほどまでに忘れられないものか」

桜河内の長い指が須坂の顔にかかり、ゴーグルを手ずからはめさせてくる。彼女の姿を目にしたことで、打ちのめされていた須坂は、その動きを阻止することができない。

瞬《まばた》きとともに、桜河内の姿が彼女のものへと変わっていく。

すがるように見つめてから、須坂はぎゅっと目を閉じた。これは彼女ではなく、ホログラムだとわかっているのに、引きこもりだった三年間、ずっと告げられずに抱えていた言葉がぽろりと口から零《こぼ》れ落ちる。

「……すまなかった」

その言葉とともに、手を伸ばして彼女の腰を引き寄せ、腹部に顔を埋《うず》めるように抱きしめた。ジンと目頭が熱くなる。彼女との感触を隔てる目元のゴーグルがこれはホログラムだと伝えてくるというのに、溢れ出す思いは抑えきれない。

「あんなことして。……俺のこと、恨んでる……？」

女性からの恋愛の合図はわかりにくい。

リア充と言われ、惚《ほ》れっぽくて中学のときから恋人と付き合ってきた須坂でも、その合図を取り違えて何度も怒られたり、別れを切り出されたりしてきた。

セクハラとして自分を訴えるほど彼女を怒らせたのだとしたら、まずは詫《わ》びておきたい。そして、自分のことをまだ好きなのか、聞き出したくてたまらない。

震えながらしがみつく須坂の頭を、彼女がそっと抱きしめた。

こんなふうに彼女と触れあえることに、胸が痺《しび》れるような感動を覚える。白昼夢を見ているような、非現実感がつきまとう。

　それでも、この夢から覚めたくなかったのに、耳元で響く声は桜河内のものだった。

「それは、直接、彼女に言ってやれ」

　その声に、須坂はビクッと震えて顔を上げた。

　見える姿も抱きしめる感触も確かに彼女のものなのに、その口から漏れる声は明らかに男性のものだった。

「おまえが今、抱きしめているのは、ホログラムによる虚像だ。脳による錯覚を利用し、視覚が触覚に優先するように働きかけている。おまえが現実に触っているのは俺の身体なのだが、おまえからしたら、触れているのは彼女の身体だろ？」

「……そう……だ……」

　冷静な桜河内の声に問いただされ、まじまじと須坂は目の前の相手を確認する。

　服装は桜河内の着ていたままの白衣だが、豊かな胸元のラインや、ほっそりとした身体つきは女性のものとしか思えない。触れても、その感触は女性としか感じられない。

「これが、……おまえ？」

　何だか信じられなくて、須坂はもっと違いを実感するために手を胸元に伸ばしてみた。

　遠慮がちに触れたてのひらに、柔らかな乳房の感触が戻ってくる。そっと手を動かしても、その弾力は本物としか思えない。

「これが、錯覚？」

　久しぶりの乳房の感触だった。

忘れかけていた生身そのものだというのに、本物ではないと言われて混乱する。信じられずに乳房をたぷたぷと触りまくる須坂に、桜河内は言ってきた。

「言っただろ。我が第一プロジェクトチームが総力を挙げて開発中の、『理想の彼女』という画期的なホログラム装置だ。昔から、バーチャルで理想の相手を抱くという夢が存在していた。映画や本のモチーフにもなっている。その夢をかなえるだけではなく、少子化にも貢献できるホログラムゴーグルだ。このゴーグルを装着すれば、好みでない相手が脳内で理想のプロポーションへと置き換わり、とても興奮しながらセックスができる。夫婦間のマンネリ解消にも、役に立つ」

桜河内の説明に一応納得はしたが、須坂は目の前に出現した彼女の姿に夢中だった。

何せずっと焦がれ続けてきた彼女に、触り放題なのだ。

彼女は細身なのに、エロい身体の持ち主だった。特に服を押し上げる挑発的な胸から手が離せず、触りまくるのが止められない。

「……めっちゃ、興奮するな」

須坂はつぶやいた。

これが彼女本人だったら心理的な歯止めは利きそうだったが、単なるホログラムだと聞くと、好き放題弄っていいような気がしてくる。

彼女は桜河内の白衣姿だから、ブラジャーをしていないようだった。白衣の下にネクタイを締めたワイシャツとスラックス姿だ。その布地越しに生々しく感じ取れる胸を揉《も》み続けていたとき、彼女が息を呑んだ気配があった。

——何だ？

そっと指を動かしたとき、しこり始めた乳首が服を隔てて感じられる。ここで感じたのだろうかと思うと、須坂はその部分から指が離せなくなっていた。集中的に指先でさわさわと刺激しながら、尋ねてみる。

「中の人は、……つまりは桜河内なんだろ？　あんた、こんなことされると、感じん……の？」

桜河内からしたら、どんな感触なのか知りたい。

ゴーグル越しに見えるのは、大好きな彼女の表情だ。困惑したかのように細い眉を寄せ、濡れた目を向けてくる。それを見ているだけで、興奮が収まらなくなるから困る。

「当然だ。……俺の側からしたら、おまえに……扁平な胸を触れられている状態だ」

「扁平？　だったら、このたぷたぷして、気持ちいい弾力は、俺の錯覚？」

その言葉が信じられずに、須坂は桜河内の身体を引き寄せて、顔を胸元に埋めた。顔面に触れる豊かな感触を精一杯味わう。

女性の身体はどこもかしこも柔らかくて気持ち良くて、これが錯覚とは思えなかった。

「むは、……最高……っ」

久しぶりに、生身の女体の感触に酔いしれる。

彼女にフラれて引きこもり生活に入ってから、もう生身の女などいらないと思っていた。アダルト映像さえあれば、妄想と指テクによって、自分の欲望を満足させられると思いこもうとしていた。

だが、顔面を受け止める柔らかな乳房の感触は、たまらなく素晴らしい。背中に腕を回しても、そのほっそりとした身体のラインは女性のものとしか思えず、何がどう錯覚なのかわからないほどの現実感だ。

「ふ」

もっとその感触を味わうために顔を擦り寄せようとしたが、いきなり相手の身体がすくみ上がって、肩をつかまれて引き剝《は》がされた。

顔面からゴーグルが外された途端、目に飛びこんできたのは、秀麗な桜河内の表情だ。

「……っ」

思わずその表情に釘付けになったのは、いつもとは違っていたからだ。

――あのときの……。

作り物に見えるほど普段の桜河内は冷ややかに取り澄ましているというのに、その頰が桜色に色づき、かすかに眉が寄せられている。

何で桜河内はこんな顔をしているのだろうか、と一瞬考えた後で、その答えに思い当たった。

――もしかして、感じた……？

須坂は彼女の乳房に顔を埋めていたつもりだったが、桜河内にとってそれは自分の身体を弄られているのと同じことになるのだろうか。

――乳首にも触っちゃったしな。

須坂にとっては健全なコミュニケーションの一環だが、桜河内は他人に触れられることに極端に慣れていないようだ。

そう気づいただけで、何だか須坂はドキドキしてくる。ホログラムで見える彼女も凄《すご》いが、その中の人にも興味が湧く。

もっとこのゴーグルを試させてもらいたかったのに、桜河内はもう終わりとばかりに機械の上に置いた。

「このゴーグルさえあれば、それなりに楽しくセックスができそうだな。おまえさえ、このゴーグルを装着してのセックスに同意してくれるならば、このホログラムの中に入ってくれる相手を探してみよう。データを集め、改良して普及型を作りたい」

「ホログラムの、……中に入ってくれる相手？　どういうこと？」

「これは単なる娯楽システムではなく、少子化のためのプログラムだからな。生身の人間が必要なんだ。生身の人間の容姿がどうあろうとも、このゴーグルの３Ｄホログラムによって虚像が造られ、その相手に触れられるようになるのは、体験してもらった通りだ。その相手とセックスするのは、おまえにとっては理想の彼女としているのと同じ感覚となる。見ず知らずの相手とすることに、生理的な抵抗はあるか？」

　話している間に桜河内の顔の赤みが取れ、いつものように取り澄ました表情に戻っていくのを、須坂はどこか惜しいような気持ちで見守っていた。

　それにしても、桜河内の発言には、人間らしい情緒が欠落しているように思えた。

「誰だかわからない相手とセックスしろだなんて、抵抗があるに決まってんだろ。おまえは俺を、種牛とでも考えてんのかよ？」

「俺にはそのあたりのことはよくわからないのだが、うちのスタッフによると、他人に見られたり、データを取られたり、スキャンされると思っただけで、勃起しなくなるらしいな。おまえの好むアダルト映像に出演している男優並の胆力がなければ、実験に協力するのは不可能だそうだ。だからこそ、わざわざ精力絶倫なおまえを探し出して実験に協力してもらおうと考えたんだが、やはりダメか？

おまえにとっては、理想の彼女とするのと感覚は一緒なんだが」

「抵抗はあるね」

須坂は突っぱねようとした。

自分にも人並みの倫理観と、好みがある。

それでも、このゴーグルを使ってセックスをすることに、かなりの興味があった。

引きこもりになった三年間、ずっと思い続けた彼女があれほどまでにリアルに現れるのだ。アダルト映像で抜きながら、脳裏にあったのはいつでも彼女のことだった。

桜河内が提供してくれたこのホログラムがあれば、その夢がかなう。

あのおっぱいの触り心地は、本物としか思えなかった。男の桜河内でも、女性の豊かな乳房の感触を体現できるほど凄い装置だ。

――あれ？

ふと、とある可能性に気づいた瞬間、須坂は大きく身じろいだ。だとしたら、桜河内でも最後まで中の人を務めることができるのではないだろうか。

ずっと思い続けてきた彼女と、最近やけに気になるようになった桜河内と、双方ともセックスができる。それを想像してみただけで背徳的な欲望で頭がいっぱいになり、その可能性を探らずにはいられなかった。

「おまえでいい」

下心を悟られないように、須坂はあえて尊大な態度で告げてみた。

「え？」

ゴーグルの装置を片づけようとしていた桜河内に、須坂はたたみかけた。

「これさえつけていれば、触る感覚も突っこむ感触も、彼女としているのと一緒なんだろ？　だったら、わざわざ他の相手を探す必要はない。おまえが相手してくれればいいじゃないか」

言いながらも、鼓動がせり上がっていく。

男相手に、自分は何を言い出しているのだろうか。桜河内に妙な人間だと思われそうで怖かったが、彼は真剣にその可能性について検討しているようだった。

「そう……だな。確かに俺が相手をしたほうが、最初のデータは取りやすいかもしれない。ホログラムと実際の感覚のズレもわかるわけだし、改善もしやすい」

バカな提案だと一蹴《いっしゅう》されずにいる様子に、須坂はごくりと息を呑んだ。ここぞとばかりにごり押ししてみる。

「そうだよ。まずは、自分で実験したら一番わかりやすいぜ。それに、……俺にとっては、男が相手でも、女性を抱いているのと感覚は変わらないわけだろ？」

一番気になるのは、男の穴と女性の穴は違うということだ。

だが、そのあたりの細かいことについてはあまり考えないことにして、須坂は立ち上がるなり、機械の上に置かれていたゴーグルを素早く装着した。

途端に、目の前の桜河内の姿が色っぽい女性の姿に変わる。その変化はめざましくて、わかっていても驚かずにはいられない。

まじまじと彼女の顔をゴーグル越しにのぞきこんでいるうちに、須坂はたまらなくなって彼女の手首をつかんで、ベッドへと引きずりこんだ。

その身体を組み敷きながら、乱れ始めた声でささやく。

「……すげえ。……俺、……すごく興奮してる」

目で見える彼女の姿はもちろんのこと、その中に桜河内がいるのだと思うと余計に興奮が収まらなくなっていた。彼女は須坂に押し倒されて緊張した顔を見せていたが、この表情のベースになっているのは桜河内だろうか。

——あの冷血漢が、男に押し倒されて焦った顔してんのかよ？

両方見ておきたいような気分になりながらも、須坂はベッドに組み敷いた彼女の白衣のボタンを次々と外していった。こういうのは、相手に抵抗する気を起こされないようなスピードが大切だ。

「とにかく、……あんたは声を出さないでもらえる？　やってる最中に、いきなり男のあえぎ声がしたら、興ざめだからな」

本当は桜河内の声も聞いてみたい。

ろくに自慰もしたことがないという桜河内をとことんまで感じさせて、声が抑えられないところまで追い詰めてやりたい。

そんなふうに考えながらも、こくり、と小さくうなずかれると、その愛らしい仕草に須坂は手が震えるほどの興奮を覚えた。

白衣のボタンを全部外して前を開くと、その下に着ているワイシャツとネクタイが目に飛びこんでくる。挑発的に盛り上がった胸元を、すぐに暴かずにはいられない。

ネクタイを解くのももどかしいような気分で、須坂はその肌を暴いた。

ワイシャツを左右に開くなり、久しぶりの本物のおっぱいが目に飛びこんできた。

「……っ！」

とても形が綺麗で、色っぽい桜色の乳首も素晴らしい。

声にならないうめきとともに、須坂は我を忘れて両手でその聖なる丘を包みこんだ。

途端にビクンとその身体が反応するのに興奮を掻き立てられながら、指を押し返してくる柔らかで独特の感触をたっぷりと味わった。

「最高……っ」

揉みまくっているうちに感じてきたのか、乳首が尖《とが》っててのひらに触れるようになる。それにわざと親指が触れるように揉んでいると、感じてきたのか組み敷いた身体がビクビクと反応し始めた。

指を外して、その下から現れた桜色の清楚《せいそ》な乳首を眺める。それが尖りかけているのを見ると、須坂は無我夢中でそこにむしゃぶりつかずにはいられなかった。

「つぁ、……っちょ……っ！」

いきなりそんなことをされるとは思ってなかったのか、桜河内が狼狽しきった声を漏らす。その声によって、自分が乳首を舐《な》めているのは彼女なのか、桜河内なのか、区別がつかなくなって、須坂の頭は限りなく混乱していく。

それでも、その刺激は興奮に水をかけるものではない。

須坂は弾力のある乳房を揉みこみながら、尖った乳首をひたすら舐めずった。舐めれば舐めるほどそこは硬く尖り、舌を押し返してくる。

「可愛い乳首」

久しぶりの女体の感触に溺《おぼ》れながら、須坂は反対側にも手を伸ばした。

てのひらから零れそうな乳房の感触に酔いながら、口に含んだ乳首を舌先で転がしたり、吸ったりを繰り返す。

自分でもしつこいほど舐めずっているのはわかっていたが、久しぶりすぎて手放せずにいた。

「ツン、……っぁ、あ……っ」

桜河内は最初のころこそ必死で声を抑えていたようだが、いつまでも続く乳首への刺激に、次第に濡れた息づかいを漏らすようになっていた。

つとめて声を出さないようにしているために、吐息はかすれて女性のものか、男性のものか判別しにくい。

乳首を愛撫《あいぶ》しながら何度もチラチラと眺めると、眉を寄せ、濡れた睫《まつげ》を半ば閉じて、感じきった彼女の表情が見えた。桜河内も、初めて味わう快感に我を忘れているのだろうか。

——桜河内の顔が見てみたい。

ゴーグルを外せば、それがかなうはずだ。

ちらちらと頭の隅をそんな欲望がかすめるのを感じながら、須坂は尖らせた舌先で乳首を引っかける。

そこが弱いのか、乳首を舐めながら指で反対側を擦りあげるように嬲《なぶ》るたびに、その身体が震えた。

そんな桜河内をもっと感じさせたくて、須坂の舌遣いには熱がこもる。ちろちろと絶妙な刺激を送りこんでから、唇で柔らかく乳首を挟みこみ、歯で軽く噛んで引っ張った。

そうしながらも、爪《つめ》の先で反対側をこりこり嬲るのも止《や》めない。

「っン！」

ビクンと胸元をのけぞらせるように反応したのを確認してから、須坂は口を離した。

「感じてる？」

顔をのぞきこみ、元の桜色からだいぶ赤く染まって尖りきった乳首に視線を落としながら尋ねる。

彼女の頬は赤く染まり、はぁはぁと息を弾ませていた。その姿に、さきほど見た桜河内の紅潮した表情が重なる。

「声を……出すなと言った……だろ」

「答えるぐらいはいい。……それに、……だいぶ慣れたから、声出しても構わないぜ。むしろ、……出してくれたほうが盛り上がる」

言うなり、須坂は反対側の胸に吸いついた。

指先でキリキリと尖るだけ尖らせていた乳首を軽く吸いあげただけで、感極まったかのようにビクンと桜河内がすくみあがった。

「……っぁ」

乳首に唾液《だえき》をからめ、それごとジュルッと吸いあげながらささやいた。

「その調子」

乳首を吸うたびに、桜河内はのけぞってかすれたうめきを漏らす。

そんな桜河内をもっと追いこんでやりたくて、須坂は舌を乳首から離さないまま尋ねてみた。

「……女になって、……乳首舐められるって、……っ、どんな感じ？」

桜河内がどんな種類の快感を味わっているのか、知ってみたい。女性にはなかなかこの種のことは聞けないが、同性だから気が楽だ。

「不思議な……感じ…だ」

「不思議って、どんな？」

「身体中の……、毛穴が開いて、溶けてくみたい……に、力が……抜け…る。……乳首を噛まれると、勝手に、びくんって身体が……動く……」

素直に答えてくれる桜河内をもっと感じさせたくなって、須坂は愛らしい乳首を甘噛みした。途端に、桜河内の身体が大きくすくみ上がった。

「っぁ、……っぁ、あ……っ！」

「これが気持ち……いいの？」

「……っちが、……噛む……な……っ」

「ダメ？　気持ちいい……んだろ？」

「……い……けど、……変に……なる……っ」

追い詰められたかのようにあごを上げる桜河内を盗み見ながら、須坂は噛んだ乳首を癒《いや》すように舌先でたっぷり転がした。そうしながらも、手を身体のラインに沿ってずらしていく。

引き締まったウエストの下に、魅惑の場所がある。

まずは、着ているものを脱がせる必要があった。

「ここも、女になってるの？」

片手で器用にベルトを緩め、スラックスを引きずり下ろしながら、須坂は下肢を見る。下着は男物だったが、すんなりと伸びた太腿《ふともも》は色っぽい女性のものだ。その下を暴くのは怖いような、興奮するような気持ちをまだ整理できないでいる。

すると、ぎゅっと目を閉じた桜河内に答えられた。

「そう。……女のように、……おまえには感じられる……はずだ」

「実際には？」

「俺の身体が、……女になるはずはない。……だが、……おまえには、……違和感なく感じられる……はずだから……」

――どういうこと？

声が桜河内のものだけに、見えているのは確かに彼女なのに、その下にある桜河内の表情が重なるような、奇妙な感じがつきまとう。

そう言われると、まずは確認したくなって、須坂は男物の下着の縁に指をかけ、ドキドキしながらゆっくりと引き下ろしていく。目に映ったのは、確かに女性器だ。

そのことにホッとしような気分になって、須坂は照れ隠しにつぶやいた。

「こういうときには、下着も女物をはいてくれないと」

興奮に震えそうな指先を、そこに伸ばす。いくら視覚でごまかされていても、つくべきものはついているはずなのに、須坂の指先はペニスには触れない。

そのとき、桜河内がゴーグルが接続された機械を指し示しながら、かすれた声で言った。

「あれ、……使え」

「何？」

須坂は指し示されたところにあったボトルを、手を伸ばして引き寄せてみる。入っていたのは半透明の液体だった。傾けると、ねっとりと流れ落ちてくる。

「別の……プロジェクトチームが開発した、……極上の潤滑剤。無害だが、有効な媚薬《びやく》成分が入ってる。これさえあれば、処女も昇天。……っ、枯れかけた夫婦も、……青春を思い出す……という、……触れこみの」

「その煽り文句を考えた人間は、かなりの年配か？」

少子化プロジェクトというのは、いろんな角度からの研究を進めているようだ。セックスのときの快楽をより引きだすことで、夫婦間の子作りが進むと考えているチームがあるのだろうか。

「……これ、使えばいいの？　ゴムは？」

「ゴムは、……いらない」

「いらない？」

「ああ。……これで滅菌されるから」

言われるがままに、須坂は潤滑剤をてのひらに滴らせ、それで十分に指を濡らした。

ホログラムで女体に見えるものの、実際に自分が指を突っこむのは別の場所なのかもしれない。桜河内はそんなところに指を入れられることに、抵抗はないのだろうか。

だがここまでお膳《ぜん》立てされたことで、須坂は自分を抑えきれなくなっていた。

「……っ、ぁ、あ！」

女性のものに見える入口から、ぐっと指を差しこむ。途端に、桜河内の身体が大きく震えた。怯《おび》えさせないようにすぐに指を抜き出したが、膣《ちつ》そのものに感じられた感触に、須坂も動揺していた。

——すげえ。……熱い。……それに、中、ぬるぬるしてた……。

ホログラムでどう脳をごまかしているのかわからないが、きゅっと指を締めつけた襞《ひだ》の蠢《うごめ》きによって、須坂からためらいがすっぱりと消えていた。

おっぱいの感触に続いて、女性器の感触を思い出させたことによって、後は本能のままに突っこむことしか考えられなくなっていた。

——けど、しっかり下準備はするから。

下腹に満ちてくる熱い欲望を抑えつけながら、須坂はたっぷりと中に潤滑剤を塗りこんでいく。指を突っこんでは、襞に塗りつける動きをまずは繰り返したが、指だけの挿入にも慣れていないので、桜河内はやたらと息を詰めて苦しそうだ。

そんな身体を落ち着かせるために、須坂はツンと突きだした乳首を口に含み、柔らかく舌で転がしながら、指を中で蠢かせた。

「っ……は……っ」

乳首を弄るたびに、指を受け入れた部分がきゅっと締めつけられる。桜河内はこんなことまでさせられるなんて、想像もしていなかったに違いない。

——だって、自慰すらしたこともないって言ってたもんな。

女役になって男とセックスをするのはどんな気分なのかと詳しく聞き出したかったが、あえぐだけで精一杯になっているらしい桜河内を正気に戻したくない。

たっぷり潤滑剤を塗りこんでは掻き回すことで次第に中が柔らかくなっていくのを感じながら、ふと気づいて言っていた。

「もしかして、……初めてだと処女膜とかあったりすんの？」

「あるはず……ない……っだろ」

即座に答えられて、それもそうだと納得した。

「……けど、……突っこめんの？　ここに」

須坂には女性器として感じられているが、現実では別のところだろう。

自分がそんなところに指を入れられ、さらには性器まで突っこまれることを想像しただけでぞっとする。

「生物学的には、ここはかなり……柔軟だと……されている。十分に……準備さえ、すれば、……かなり大きなものまで入る。……それに、……っ、この……潤滑剤は、……かなり優秀……だから……っ」

たっぷり塗りこまれた潤滑剤が、指が動くたびに水音を漏らすようになっていた。中でぬるっと指が大きく滑ったとき、桜河内がぞくりとしたように息を呑んだのがわかった。

すぐそばから聞こえてくる息づかいが、須坂にはやけに艶っぽく感じられた。

「なるほど。……この……効用か。そういや、……媚薬……成分もあるって言ってたな」

最初はかなりきつかったのだが、掻き回すたびに中は柔らかくなって、きゅうきゅうと指にからみついてくるようになる。まだまだきつさはあったが、一気に深い場所まで指を突っこめるほどだ。

「っぁ……っ」

だが、今のはさすがに深すぎたのか、小さく声が漏れて、痛みを覚えたかのように指を締められた。

その襞に逆らって抜き取り、また同じ部分に送りこんで、指を蠢かせながら尋ねてみた。

「痛い？」

声が出せないでいるかのように息を呑んでから、桜河内は浮かされたように視線をさまよわせてから首を振った。

「もう、……痛く……ない……」

だが、それはどこか強がりのようにも聞こえたので、処女を相手にしているような丁寧さで、須坂は指の出し入れを繰り返す。そのたびに感じるのか、指で弄っている乳首が、さらに硬くしこったようだった。

「そろそろ、指を増やしてもいいよな」

須坂はもう一本の指をそろえて、中をこじ開けるように挿入していく。

「っう、ぁ！」

一気に増した挿入感に、組み敷いた身体が明らかに硬直する。彼女の眉がきつく寄せられた。だが、呼吸をするたびに、きつい締めつけは少しずつ和らいでいく。頃合いを見て、ゆっくりと須坂は指を動かした。

「は、……っは……っ」

指が穿《うが》つ襞は、まだまだ狭い。聞こえる息づかいがどこか痛々しかった。

そんな姿にもペニスが痛くなるぐらいにそそられる自分の鬼畜さに、須坂は苦笑した。だけど、憑かれたように彼女から視線が外せずにいた。その下にある桜河内の表情を、頭のどこかで想像していた。

潤滑剤をさらに増やし、二本の指で引っかくように襞を刺激すると、それに合わせて、くちゅ、くちゅっと濡れた音が漏れた。

ゴーグル越しに見える彼女の表情は、とても苦しげで淫らだ。引きこもった三年間、ずっと彼女を抱くことばかり想像していたはずなのに、どうしてその姿を見ながら、桜河内のことを考えているのか不思議でならない。

——ゴーグルを外したら。

おそらく、このホログラムと触感は掻き消えて、生身の桜河内が現れるだろう。現実での自分は、おそらく彼のあらぬところに指を突っこんで興奮している。

ゴーグルを外したい思いもありながらも、ゴーグルを外した途端にこの激しい興奮が掻き消えてしまいそうな恐怖が拭《ぬぐ》えず、須坂は指の抜き差しを繰り返すしかない。

見下ろした顔は紅潮していた。襞がひくひくとからみつき、聞こえてくる吐息も苦しげなのに気持ち良さそうだ。

須坂は好奇心に負けて、尋ねていた。

「その、……俺が見てる、……彼女の顔……ってさ、ベースになってるのは、おまえの……表情…だろ…？」

「……何……っ」

夢から覚めたように、聞き返された。

「つまり、おまえが眉を寄せると、俺が見てる……ホログラムも、眉を寄せるってことになるんだろ？　ベースになってるおまえの反応に合わせて、……俺が見てる……映像も変わるって理解でいい？」

桜河内が現実にどんな表情をしているのか、そのヒントが知りたくて尋ねると、まともに頭が働かないのか、五秒ほど間をおいた後で返事があった。

「……ああ。……その通りだ」

声は上擦っているのに、必死になって冷静さを保とうとしているように感じられる。

そうわかると、ますますこの表情を乱したくなった。

須坂は指先に力をこめ、ことさら淫らな音を立てて中をかき混ぜる。指を動かすたびに、くちゅ、くちゅっと凄い音が漏れた。その音に触発されて、見下ろす表情がますます恥ずかしそうになるのが愛しい。

その気分のまま、須坂は口走っていた。

「すごく、……優秀な、潤滑剤だな。ぬるぬる。……っ、これ、まんま、愛液」

須坂は指を一度抜き取ると、桜河内の顔に突きつけた。

「ほら。……おまえので、俺の指、こんなに……」

彼女の頬を、そのぬめった指でねっとりとなぞった。女の子相手だったらこんな鬼畜なことはしないだろうが、相手は彼女であって彼女ではない。いつも冷静な桜河内を、こんなときにとことんまで動揺させてやりたい。

桜河内は顔を背けた。

「俺……のじゃ、……ない……っ。それは、……潤滑剤……っ」

「こういうときには、合わせろよ。可愛い姿をして俺の目に映ってるんだから、色っぽくあえいでみせて。エロいこととか言ってみて」

何かに煽られたのか、体内の指がきゅっと締めつけられた。

「そんなことが……できるか……っ」

「おまえの目には、俺はそのままに見えんの？　まさか、おまえもゴーグルはめてる？」

ふと疑問に思って尋ねると、桜河内は首を振った。

「使えるのは、まだ一台だけだ。いずれは……女性側と男性側の……両方が、ゴーグル……っ、はめて、セックス……でき、るようになる。……そうなれば、……っ、互いに理想の相手とセックスして……ような幻想が、得られる……はず……っ」

「なるほど。じゃあ、おまえは俺としてる状態なんだ？」

そう思うと、さらに興奮が高まる。

いくら実験のためとはいえ、男に抱かれるのはどんな感覚なのだろうか。こんなことを許すのは、相手が自分だからなのか、それとも実験のためなら、これくらいしてしまうのだろうか。

そんなことをぼんやりと考えながら、須坂は指を三本束ねた。

「次は、……三本な。これが入ったら、次は俺の」

指にたっぷり潤滑剤を塗りこんでから、入口に添えてみる。

ぐっと押しこむと、途中でギチギチになった。

「っぁ、……っは、は……っ」

苦しい息づかいが聞こえる。このまま強引に押しこむべきか、二本に減らすべきか悩んだ。だが、聞こえてくる桜河内の声に、快感が潜んでいる。

——ここは、入れるべき。

すでに須坂の下肢は、興奮の連続に痛いぐらい張りつめていた。この潤滑剤には媚薬の成分があるというし、中はぬるぬるだし、強引に入れても大丈夫だろう。そう判断して、さらに指にぐっと力をこめる。

「ぅ…あっ！」

きつめの部分を通り抜けると、指はゆっくりと深い部分まで突き刺さった。

「あっ……ッン……っ」

ぎちっとなるほど押しこまれて、悲鳴に似た声とともに桜河内の腰が逃げようとする。その足をしっかりと抱えなおしてから指を抜き出したが、閉じてしまわないように続けざまに同じ位置まで指を突き刺した。

「っひ、……っぁ、あ、あ……っ」

指にしっとりと柔らかい襞がからみついてくる。これが男の身体とは、想像しにくい。

見下ろした彼女はきつく眉を寄せ、指が突き刺さるたびに濡れた声を漏らしていた。目に見えるのは彼女の姿なのに、聞こえてくるのは桜河内の声だ。

「く、……ッ、いったん抜け……っ」

そんなふうに言われたが、どうして抜かなければならないのか、須坂は納得できない。淫らな襞は指にからみつき、もっと掻き回して欲しいとねだるように締めつけてくるからだ。言葉よりも、その身体の反応のほうが正直な気がして、須坂は指を抜かないまま、淫らに指で掻き回す。

「っや、……っぁ、あ……っあ……っ」

その責めに合わせて、組み敷いた身体がぶるっと大きく震えた。

息も絶え絶えになり、ぎゅうぎゅうと指を締めつけてくる反応には、心あたりがあった。

——まさか、イきそうになってる……？

他人に触れられたことのないまっさらな身体に快感を教えこみ、絶頂まで導くほど、男の本能を煽るものはない。

あと少しであれだけ綺麗な男をイかせることができるかもしれないと考えただけで、倒錯的な興奮に須坂は取り憑かれた。

指先と視神経に神経を集中させながら、桜河内が感じる場所を探していく。ほどなくそこは見つかった。指先がそこを撫でるたびに、襞がきゅっと締まり、桜河内の全身に力がこもる。唇から濡れた息が漏れた。

――ここだ。間違いない。

須坂は確信を得ると、そこを三本の指でなぞった。刺激がない間がないほど擦りたてると、桜河内はびくびくと震える。イきそうになるほど擦りたててから、須坂は手首をぐるんと返した。

「っぁ……っ」

太腿に大きく痙攣《けいれん》が走り、桜河内の声がかすれる。どうにか踏みとどまったらしいが、指を締めつける襞の蠢きはより淫らになっていた。それをくちゃくちゃと掻き回しながら、須坂は挑発的に尖った乳首を指できゅっとつまんでひねった。

「研究なのに、イっちゃいそう？」

ゴーグル越しに見えるのは、大好きな彼女の表情だ。その姿に桜河内の表情が重なるのは、切なそうなかすれ声のせいだ。

「イク？　男なのに、女みたいに指突っこまれてイっちゃう？」

目の前の女の中の桜河内を確認したくて、須坂の言葉に熱がこもった。

「ちが……っ」

「何が違うんだよ？　実験だろ？　これはおまえであっておまえじゃないんだから、何をされても問題ないだろ？　にしても、すげえ濡れてる。中から、どんどん溢れてくる。塗りこんだ潤滑剤以上に。これは何？　あんたの愛液？」

こんな言葉に感じるのか、組み敷いた身体はびくびくと震えていた。イきそうなほど感じているのに、なかなかイけないのは、セックスに不慣れなせいだろう。

須坂は責め立てる指の動きを緩めることなく、感じるところを集中的に擦りたてて出し入れを繰り返した。

乳首を舌でねぶりながら、中を三本の指で激しく掻き回すと、ついに快感の回路がつながったのか、桜河内の身体がガクガクと痙攣した。

「つぁ、……つぁ、あ、あ……っ」

のけぞるように身体を揺らし、指をきゅうきゅうとくわえこみながら絶頂に達する。

息も絶え絶えに痙攣した後でその身体から力が抜けていくのを凝視してから、須坂は指を抜き出した。

呆然として涙に濡れたその顔を見下ろしながら、須坂はついに好奇心を抑えきれずにゴーグルをずらした。

途端に目の前にあった彼女の姿は掻き消えて、イったばかりの桜河内の表情が現れる。

切なそうに眉を寄せ、長い睫を半ば閉じていた。瞬きとともに生理的な涙がじわりと滲み、その表情には快感に流された自分への後悔が浮かんでいるように思えた。

想像を遥《はる》かに超えた桜河内の表情の色っぽさに、須坂は心臓を鷲《わし》づかみにされたようなショックを覚えた。

息がのどに詰まる。こんな表情をさせるほど、自分は桜河内を追い詰めることができたのだろうか。

——何だ、これ……っ。

ゴーグルを外しているのが知られないうちに戻そうと思っているのに、目が離せない。

だが、桜河内が身じろぎしたのを見て、須坂はのぞき見を知られないようにあわててゴーグルを装着しなおした。

それでも、やたらと鼓動が乱れている。

今見た桜河内の表情が脳裏に灼きつき、須坂のオスの本能に火をつけていた。

——たまんね……っ。

あんな顔をして、桜河内は自分の下であえいでいたのだろうか。そう思うと、痛いぐらいにペニスが張りつめる。

見下ろすと、誘うようにしどけなく足を開いた姿で、彼女が須坂を見上げていた。こんなふうにされると次の行為をせがまれているようにしか思えず、須坂はその膝を抱えこむ。

柔らかですんなりとした内腿の誘惑に、須坂はあらがいきれずに顔を近づけていた。その白い太腿の弾力を楽しみながら、その付け根にまで舌を這《は》わせていく。

「っぁ、……っあ、あ、あ……っ」

狼狽しきった桜河内の声に、ゾクゾクする。

実験台として自分の身体を使わせることまでは承知していたものの、こんなことまでされるとは想像もしていなかったのかもしれない。

内腿をついばみながら、次第にきわどい位置まで移動していく須坂の舌から逃れようとしているかのように、桜河内は腰をくねらせた。だけど、強すぎる絶頂の余韻に身体に力が入らないらしい。

さきほどゴーグルを外したせいか、その隙間から桜河内の肌がチラチラと見えた。

男相手でも興奮が冷めないことに、須坂は自分が引き返すことができない道に踏みこんでいるのを感じながらも、かすれた声で尋ねた。

「舐めても……いい？」

嫌だと言われても、そうせずにはいられない。

だからこそ、返事をする余裕すら与えずに桜河内の足の付け根に顔を押しつけた。

視覚が脳を錯覚させると言っていたが、須坂の舌が捕らえているのは女性器だ。それを辿っていくと、こりこりとした突起のようなものに辿り着く。クリトリスのように思えるのだが、もしかして実際には男性器なのだろうか。

――考えるまい……。

まだまだ須坂は、性を超越できない可能性がある。

舌でその突起を舐めた途端、組み敷いた身体が大きく跳ね上がった。

「ひっ！　……あっ！」

よっぽど感じているのだろう。硬直した身体から力が抜け、息づかいが驚きから快感を秘めたものに変わっていくのを待ってから、須坂はその部分をたっぷりと舐め回す。

「っぁ、……っぁ、あ……、……ッン……っ！」

その部分への刺激はやたらと強烈なのか、桜河内は太腿でぎゅっと須坂の頭を挟みこむようにして耐えることしかできないようだった。

そんなふうにされると、余計に須坂は煽られてならない。

その突起をさらに舌先で巧みに刺激しながら、体内に指を差しこんで激しく掻き回した。

「っぁ、……ッン、ん、……っ、やめろ、……また、……イク…から…っ」

声からは余裕も何もかも失われて、泣きだしそうな調子があった。あのクールな桜河内をここまで乱れさせたことに満足しながら、須坂は意地悪に言い返してみる。

「また、イっちゃうの？」

自分の頭を挟みこむ太腿にこもる力が、その予兆を感じさせる。もう一度桜河内をイかせてみるのも楽しそうだったが、男は射精すると一気にエロい気持ちが抜け落ちることがあることを、須坂はよく知っていた。

——すでに一回、イかせてるしな……。

自分にも覚えがあるからこそ、その危険を冒したくなくて、須坂は上体を起こした。

桜河内の膝をつかみなおし、はち切れそうなほど熱くなった性器をしごきながら、その狭間に押し当てる。

くちゅ、と柔らかい肉の感触を先端で感じた途端、桜河内が怯えたように腰を引いた。

「何……？」

狼狽したように、濡れた視線を向けてくる。

「わかんだろ」

足をしっかり固めてあるから、桜河内が動かせるのはわずかだ。須坂が腰に力を入れれば、この硬いものはその柔らかそうなぬかるみに入っていくことができる。長いことご無沙汰《ぶさた》だったその快感を欲して、渇望に脳が灼ける。

「入れても、……いいよな」

断られることは想像できずに、須坂は熱い蜜口《みつくち》にカリ口を擦りつけた。溢れる蜜を擦りつけるように腰を使うたびに、くちゅ、と濡れた音が漏れる。

「だが……っ」

「入れなければ、これの使い道は完全にテストできない。これをするために俺を呼んだんだろ。しないと、少子化も解決しない」

こんなときだけ都合良く少子化を持ち出す自分にあきれたが、桜河内にとってその大義は譲れないもののようだ。

「……っ、も、……データは、……ここまででもいいはず……」

「ダメだよ。どうせなら、最後まで」

怯えている桜河内にセックスの快感を呼び覚ましてやりたくて、須坂は空いた手を桜河内の乳房に伸ばした。尖った乳首を指先で転がすと、切っ先が触れているあたりが生き物のようにひくついて、中に引きずりこもうとするかのようにからみつく。

その感触にあらがうことはできず、須坂は欲望に頭を真っ白に灼かれたまま、その身体を一気に貫いていった。濡れた熱い肉を割り開く快感に、意識が飛びそうになる。

「っひ！　ぁ、あ、あ、……ひ、ぁう、……っうぁ……っ」

「すげ……っ。処女に、……入れてる……みたい」

襞の狭さやからみつく感覚に、須坂は息を詰めた。どうにか根元まで収めることができたが、力の入れ方がわからないのか、むやみやたらと締めつけられることには、須坂も眉を寄せずにはいられない。だが、痛みから逃れようとしているかのように腰が振られるたびに、次々と新たな摩擦が生まれて、背筋に熱いものが駆け抜ける。

——たまんね……。

あまりの快感に軽く頭を振ると、ゴーグルが少しずれた。

その隙間から、苦しさに顔をしかめ、涙目をしている桜河内の顔が見える。目尻《めじり》からつっと溢れだす涙を見ただけで、須坂のペニスはまた一回り、ずくんと硬く大きくなった。途端に、抗議の声が上がる。

「っぁ！　……おっきく……すんな、……っぐ、……っは、ぅ、は、……っぐ、……っん、ん……っ」

「仕方ないだろ。……こんなにも……、エロい……身体……して……ん……だから」

無我夢中になった須坂は、ぎゅうぎゅうとからみついてくる襞の動きに逆らうように腰を引き、また強引に元の位置まで押し戻す。

そんな仕草を繰り返しながらも、ゴーグルの隙間から見える桜河内の表情に釘付けだった。

桜河内は須坂の顔を見上げる余裕さえないのか、のぞき見ているのに気づいた様子はない。

入れられる感覚に耐えるだけでも精一杯だといったように、ぎゅっと目を閉じたままだ。開きっぱなしになった口から乱れた吐息が漏れ、唾液が溢れていく。

——ギチギチ。

まだ中に力がこもりすぎていると感じた須坂は、太腿をつかんでいた手を足の間に移動させた。さきほど舐めたときには女性器しかなかったはずなのに、ゴーグルの隙間からのぞき見ると、桜河内の身体は男性のものだ。

触れてみると、こんなことをされていても桜河内のペニスは意外なほど硬かった。先端まで擦りあげると、びくっとその身体が大きく揺れた。

快感に応じて中が蠢くのに気を良くして、須坂はそこに指をからみつけたまま、カリの先端を集中的に刺激していく。

他人のペニスに抵抗なく触れられている自分が、須坂には不思議でならなかった。

だが、桜河内のそれをやんわりと擦りあげるたびに、中の締めつけがふっと和らぐ。その感触がたまらなく悦くて、桜河内を喜ばせながらも、自分の快感を追っていく。

あまりに気持ち良くて、休みなく腰を動かさずにはいられなかった。

——すげ……。

これが男の身体とは思えない。

抉《えぐ》りあげるたびに狭い襞からの抵抗感に、頭が真っ白になるほどの快感を煽られた。須坂は本能のままに、桜河内の身体を突きあげる。

「っン、……は、は、は……っ」

そんな桜河内の濡れた表情を、須坂はゴーグルの隙間から何度も盗み見た。苦しそうではあったが、桜河内もこの異様な状況に我を失っているように思えた。

「っは、……ッン、ン……っ」

「激しすぎる？」

「い……っから、……好きに……っ」

不慣れすぎるのか、何をどうしても桜河内はついていくだけで精一杯らしい。ヤケになったように言い返してくるその口調が可愛くて、須坂は思わず笑った。

「だったら、……好きにする」

とはいえ、桜河内にも快感を味わわせてやりたかった。

中の動きがスムーズになるにつれて、熱い襞がより淫らにからみついてくる感覚があった。異物感に排除しようとしてくる動きではなく、より刺激を受け取ろうとしているような動きだ。

感じるらしいところを集中的に突きあげると、桜河内の声が艶っぽさを増した。

盗み見た表情が甘く溶けていることに夢中にさせられ、もっと声を上げさせたくて、須坂の動きは巧みさを増していく。

すでに桜河内は絶え間なく中を抉られることで、全ての余裕を失っているようだった。

「は、……っぁう、……ン、……ッン……っ」

須坂の動きに合わせて、かすれた声が漏れる。

中はひどく熱く、引き抜こうとするたびにビクンと腰が揺れて、太腿にまで力がこもった。

もっと桜河内が、快感に溺れる姿が見てみたい。そのことばかりが須坂の頭を支配するようになっていた。

だが、まだ慣れない桜河内に須坂の動きは激しすぎるらしい。上体を倒すと、すがりつくように腕が須坂の背中に回された。

その可愛い動きに、ドクンと鼓動が跳ね上がる。だが、ぐいっと深くまでペニスを呑みこませると、抗議するかのように背中に爪を立てられた。

「痛い？」

「……っ、深す……ぎる……っ」

だが、その抗議に構わずに、深い位置にある桜河内の弱いところを集中的に抉りあげると、甘い切なげな声がひっきりなしに漏れるようになる。

「つぁ、……あっ、あ、あ……っ」

「おまえの中、すごい気持ちがいい。ぬるぬるしてる」

耳元でささやくと、それに反応して締めつけが増した。

「つぁ、……ぁ、ン……ぅ……っ」

潤滑剤のせいなのか、ゴーグルのせいなのか。それとも、桜河内の身体が極上なのか。

何が原因だかわからなかったが、桜河内の体内に呑みこまれたペニスは、動かすたびに信じられないほどの悦楽を呼び起こした。

須坂の尾てい骨のあたりから脳天までが、快感で痺れたようになる。

だけど、イクのがもったいない気がして、必死で引き延ばそうとした。

桜河内はすでに限界を超えているのか、須坂の動きに合わせて声を漏らすだけだ。その声が切羽詰まっているのを感じ取って、須坂もイクための動きに切り替えた。すでにゴーグルは大きくずれ、桜河内の表情ばかりを見ていた。

だけど首から下はゴーグル越しに見ていたから、須坂の頭では極上の女のエロい身体に感じ取れる。その身体に、桜河内の艶っぽい表情といった背徳的なコントラストが須坂を惑わす。

桜河内の男の身体も見てみたいような欲望に満たされながらも、あえてそこからは意識をそらせて、ひたすら抉り続けた。

「っく……っ」

手を伸ばして乳房を包みこむと、てのひらにこりっと乳首が触れた。たぷたぷとてのひら全体で揉みこむたびに、ぶるっと桜河内の身体が震え、切なそうな声が上がった。

いつもの理知的な声とはまるで違う、悦楽を含んだ動物的な声だ。

「も、イク……から……っ」

泣きだしそうな、切実な訴えだった。

須坂はその声に煽られて、一段と深く突きこんだ。ぐいっと抉るような動きを交える。

「っぁああ……っ！」

痛いほど締めつけながら、桜河内がきつくのけぞった。

収縮を繰り返しながら桜河内がイクのが、須坂にもリアルに伝わってくる。その襞の蠢きに搾り取られて、須坂も中で吐き出した。

どくどくと射精するときの快感に、頭が飛んで何も考えられない。

「は……、は、は……っ」

荒い息を繰り返しながら、余韻に酔いしれる。

気だるい快感に包まれながら、射精が済んだものを抜き出した途端に、脱力した。

「っ……」

ぐったりとベッドに身体を横たえた桜河内に顔を向けようとしたとき、須坂は思いきりゴーグルがずれているのに気づいた。

――マズい。

そのことを桜河内に気づかれないように、須坂はあわてて後ろを向き、ゴーグルを完全に外す。そのまま、ベッドに置いた。

「ちょっと、……シャワー……、浴びてくる」

セックス後の乱れきった桜河内の姿が正視できない上に、どんな態度を取っていいのかわからない。須坂はだるくて重い身体を引きずり、振り返らないままシャワールームへと向かう。

壁にもたれるように座りこみ、頭から温かい湯を浴びながら、今、自分がしでかしたことの意味を考えた。

――やっちまった……。

驚きと落ちこみが、同時に押し寄せてきた。

いくらゴーグルで女の身体に変換されているとはいえ、同性と関係を結んでしまうなんて今までの自分ではあり得ない話だ。

そのことに対するたまらない後悔があるはずなのに、興奮がまだ腰のあたりに滞っていた。先ほどちらりと見た桜河内の姿や、ぬるつく内部の感触が忘れられず、気づくとそこにまた手を伸ばして、熱を宿したものをまさぐり始めていた。

「は……っ」

こんなことは、中断しなければならない。

頭ではそう思っているというのに、手の動きは止まらない。脳裏に浮かんでいるのは桜河内の表情と、漏れ聞こえた声だ。

桜河内の見えなかった部分さえ想像しながら、須坂は興奮のまま昇りつめていた。

イった瞬間に、我に返る。

――おかずにしちゃった、あいつ……。

新たな後悔を覚えながらも、須坂は残滓《ざんし》を綺麗に流し、時間をかけて全身を洗ってからシャワールームから出る。気持ちを切り替えるためには、時間が必要だった。

――桜河内、まだいるかな？

腰にバスタオルを巻きつけ、髪をタオルで拭いながら室内を見回すと、すでに桜河内は服装を整えて、椅子に座っていた。タブレットを手に何やらしている。

きっちりと白衣まで着こんで、ツンと取り澄ました表情に戻ってはいたが、どこか肌の火照りが戻っていないように感じられた。

近づくと、桜河内はタブレットから顔を上げる。向けてくるのは、いつもと変わらない無機質な眼差しだ。

須坂はその近くの、ベッドに腰掛けた。こんな桜河内を前に、何をどう話していいのかわからない。かといって、何か甘い会話をしてみたい浮わついた気分もある。

そわそわしている須坂に、桜河内がふと気づいたように問いただしてきた。

「途中でおまえ、ゴーグル外していなかったか」

その言葉に、須坂の鼓動は跳ね上がった。

――え？　えええええ……っ。

やはり気づかれていたらしい。

そのことを肯定するべきか、否定するべきなのか、焦りすぎて判断がつかない。

時間を稼ぐために膝に肘《ひじ》をつき、タオルで顔を半ば隠すようにして髪をわしゃわしゃと掻き回して一呼吸ついてから、須坂はごまかすように言っていた。

「……興奮しすぎて、少しずれたかも」

桜河内はそのまま受け取ったのか、何やらタブレットにメモした。

「外れないような対策が必要、と」

そんな桜河内の姿をタオルの隙間から盗み見ているだけで、須坂はドギマギする。

桜河内は今のセックスをどう思っているのか、聞き出したい。だが、あまりにもクールに取り澄まされた姿でいられると、どう切り出していいのかわからない。

桜河内は腰のあたりに違和感があるのか、どこか気だるそうに身じろぎをして、足を組みなおしながら言ってきた。

「他に使用するにあたって、不都合なことがあったら言ってくれ。今後の開発に有益だ」

「特にない。今ので十分だったような」

思い出してみれば、ゴーグル越しに見えるのは女性の姿なのに、声は桜河内そのまんまだったのが大問題だ。だからこそずっと奇妙な感覚がつきまとい、桜河内の存在を頭から切り離すことができなかった。

だが、改善して欲しいかと言えば、そうではない。

声は桜河内のまま、次回も挑戦したかった。

——次回は、果たしてあるのか……？

その疑問を抑えきれずに、言っていた。

「次回も、……言ってくれれば気楽にテストするぜ。そのために、俺を呼んだんだろ？」

「ああ、頼む。近いうちに、中の人を決めておく」

その申し出に、須坂は焦った。

「いや、おまえでいい……！」

即答だった。あまりにその口調が強かったからか、戸惑ったかのように桜河内が顔を向けてくる。

「え？」

妙に思われないように、須坂は言い訳を懸命に探す。

「おまえでいい。ほら、他に探すのも、いろいろ人権問題とか、微妙な問題があるんだろ？　書類整えるのも大変だろうし、おまえが中の人になれば細かいこともわかるだろうし、俺とやりたい人間なんて、そんな多くないと思うし」

「おまえの外見がどうであろうと、この3Dホログラムを互いに使うから問題はない。そのころには、二台のホログラム装置をテスト用に稼働できるようになっているはずだ。俺はデータを集める必要があるし、使い心地を確認するための最初の一回ならともかく、ずっと付き合うわけにはいかない」

あまりにもクールに断られて、須坂は呆然とした。

——あくまでも、これは少子化プロジェクトのための実験ってわけ？

あれほどまでに色っぽくあえいでいたくせに、こんなふうにばっさりと切り捨てられるものなのだろうか。桜河内を喜ばせるために、須坂が必死になっていた気持ちも、全て無駄ということになる。肌を重ねたことで桜河内に対して甘ったるい気持ちが湧いていたのだが、それに思いきり水を差された気分になった。

理系は合理的で情緒に流されないと聞くが、まさにそのものだ。

固まっている須坂を残して、桜河内は立ち上がった。

「用はすんだ。また、連絡する」

そう言い捨てられてドアに向かわれ、残された須坂は独りごちるようにつぶやいた。

「勘弁してよ」

それが聞こえたのか、桜河内がふと足を止めて振り返る。そんな桜河内に、須坂はしっかり伝えておくことにした。

「あんた以外だったら、俺は実験しないからな」

妙に思われるかもしれない。

だが、見知らぬ相手と実験でセックスするなんてごめんだった。

にらみつけると、桜河内は無言で視線をそらす。そのまま何も言わずに、『理想の彼女』の装置を押して立ち去っていった。

ドアが閉じると、須坂は脱力して深いため息を漏らす。

自分をセクハラで訴えた彼女のことが、忘れられずにいたはずだ。なのに、自分を非情に実験する美貌の研究者のことしか考えられなくなっているなんて、不条理だった。

〔三〕

『理想の彼女』の装置を押しながら廊下に出た途端、桜河内の全身から一気に力が抜けた。

須坂の前ではどうにか冷静を装うことができたものの、顔から火が出るような衝動に襲われる。初めてのセックスを、しかも同性としたことで、自分がいつになく動揺しているのがわかった。

——別に、……セックスなど、生物としてのあたりまえの営みの一つに過ぎないというのに。

食べたり寝たりするのと同じ本能的な行動だと理性では割り切れるはずなのに、精神的なショックが大きい。それだけに留《とど》まらず、歩くだけでも辛いほど身体の奥に違和感も残っていた。

幼いころから天才少年として、英才教育を受けてきた桜河内だ。普通の少年のように無邪気に遊んだ記憶はなく、知的好奇心を満たすために研究に没頭してきた。

性欲というものに囚われたこともなく、日本における国家プロジェクトとなっている少子化の解消という課題が与えられるまでは、セックスのことなど突き詰めて考えたこともない。

だが、体験してしまうと何だか世界が今までとは別のもののように感じられた。

——何だろう、これは。

今日の行為は生々しすぎて、当分忘れられそうもない。

おいしいものをろくに食べたことがない人間が、世界の美味を口にして、食欲に取り憑かれるようなものだろうか。

気を緩めると身体に触れてきた須坂の手や唇の感触がまざまざと蘇り、身体の深いところまで挿入された性器の蠢く感覚まで、リアルに思い描けそうになるから困る。

「は……」

桜河内は歩きながら、ぞくっと肩をすくめた。

そもそも、どうして自分が実験台になったのか、不思議でならない。研究者はあくまでも科学を通じて真理を探究し、仮説を証明するのに最適な実験を行う必要があるのだが、自分自身でテストすれば客観性を失う。

だからこそ、あの装置をテストをする一回目ならともかく、これからは自分自身が実験台になるわけにはいかない。そのように判断できているはずなのに、またしたいような欲望が全身につきまとっていた。

――……そんなわけには。だが、須坂は俺と実験することを望んでいる。……他の相手とすることを拒まれたら、強要することは難しいだろうな。

何で須坂は、自分としたがるのだろうか。あの三Dホログラムをつけていれば、中の人が誰だろうと関係がなくなるはずなのに。

だが、ゴーグルが外れていたことを思うと、モヤモヤする気持ちで胸が一杯になる。

桜河内は装置を自分の実験室に戻してから、さらに廊下を歩いて研究室に向かった。この国立政策研究所には少子化対策のために第五プロジェクトチームまでが配属され、それぞれに実験室が与えられていたが、デスクワーク用のメンバーの机がチームごとに、研究室の巨大な空間に置かれていた。

その部屋の中央には研究者が共通に利用する情報処理室が配置されており、給湯室や休憩所などもその付近にあった。こうして別のチームと顔を合わせることで、研究における連携が進むようにという配慮らしい。

だが、スタッフは実験室のほうに詰めていることが多い。桜河内はガラガラの島の端にある自分の机で、一息ついた。

午後三時。

須坂のところで思いがけず長居してしまった。

『理想の彼女』の調整は終わったとはいえ、今日、須坂にあんなふうに使ってもらう予定ではなかった。須坂に装着具合を試してもらってから中の人を選び、実験はそれからだと考えていたのに、流れであんなことになった。

チームの皆にどう説明しようかと思いを巡らせていると、近づいてきた誰かが桜河内の机にコーヒーの入ったマグカップを置いた。

「どうぞ」

顔を上げると、そこにいたのは第二プロジェクトチームの菊池主任だ。

この研究室で桜河内が机にいるのを見つけるたびに、コーヒーを運んでくれる。そして、いろいろと話しかけてくる。

最初は第一プロジェクトチームの進行状況などを探るためなのかと疑っていたが、雑談ばかりしてくるのを見ると、そのような下心はあまりないらしい。

「ああ。すまない」

今日もコーヒーを受け取って、桜河内はブラックのまま一口飲んだ。

菊池は日本人離れして背が高く、欧米人風に彫りの深いハンサムだ。外見に構わない研究者が多い中で髪を気障に伸ばしており、身だしなみにも気を使っているのが伝わってくる。

さきほど須坂と経験してからというもの、身体の芯《しん》のほうが熱を持っているような感覚がつきまとっていた。おそらく菊池はモテるだろうし、それなりに経験があるだろう。こんな身体の変調は一般的なものなのか知りたくて、桜河内は無頓着に尋ねてみた。

「おまえは、セックスしたことあるか？」

途端に噎《む》せられた。

「ぶは！　……っぐ、……げほ、……何だ、突然」

そこまで驚くほどの質問をしたつもりはない。

桜河内は大げさに咳《せき》こむ菊池を冷ややかに見据えながら、繰り返す。

「どうなんだ？」

まずはセックスをしたことがあるのか、という前提条件を肯定してもらわなければ、話は始まらない。ないと答えられたら、そのまま終わらせるつもりだった。もともと菊池とは、話していてもさして楽しい相手ではない。

「そりゃあるけど」

「だったら、質問がある。した後には、世界が変わったように感じられるものか？　自分の身体も変わったように感じられるのは、一般的な感覚なのか？」

須坂のものを受け入れた部分が、何だかずっと疼《うず》いたままだ。刺激に弱い粘膜をあれだけ刺激されたのだから当然だと言えるが、快楽の芯のようなものがずっと身体の中に残っていた。

いつまでも落ち着かず、このままでは須坂に教えてもらった自慰をしてしまいそうな予感すらある。

桜河内の言葉に、菊池はギョッとしたように目を見張った。

「おまえ、セックスしたのか？」

一瞬、その質問を肯定すべきか、否定すべきか悩んだ。

研究者として嘘《うそ》を口にするのは抵抗があった。だが、口にしたくないのは、恥ずかしいという気持ちが不思議と自分の中にあるからだ。

「ああ。……試しにな」

何でもないことのようにうなずくと、途端に菊池が焦った顔をして、身を乗り出してきた。

「誰と？　どうだった？　相手は女か？」

興味津々といった態度に、桜河内は引っかかる。

自分は初めての経験だったが、こんなのは珍しいことではないはずだ。少子化が問題になってはいるが、結婚する男女は一定数存在するし、この研究所には既婚の男女も世間と同じくらいの割合でいる。よくわからない相手を見る目をしながら、桜河内は答えた。

「おまえだって経験しているんだったら、わざわざ俺の経験について興味を持つほどのことではないと思うが」

「他の相手なら興味ないが、おまえのことなら知りたいね」

「どうしてだ」

「おまえ、自分の容姿が他人にどう思われているのか、関心ないわけ？」

「俺の容姿……？」

思わぬことを言われて、桜河内は冷ややかな眼差しを菊池に向けた。

「形質人類学的観点からみて、俺は何の変哲もないモンゴロイドだ。人類学的に興味を抱かれるほどの特徴があるとは思えない」

「そういうところが、興味あるんだよね」

「え？」

「それだけ極上の容姿なのに、外見に無頓着なとこ。ついでに、クールで毒舌で、他人に配慮がないとこ」

「なんだそれは」

菊池に指摘されたことについてはピンとこなかったが、悪口を言われているようでイラッとした。

「もういい」

プイと菊池から顔を背けて、会話を打ち切ろうとする。

だが、菊池は食い下がってきた。

「待てよ。おまえから、質問してきたんだろ。誰かとセックスしたんだって？　その相手が誰なのか、非常に興味があるが、まずは質問に答えよう。——何だって？」

「ええと」

桜河内は脱線した話を元に戻すべく、質問を繰り返した。

「した後には落ち着かないというか、世界が変わったように感じられるものなのか？　セックスのことを考えただけで、自分が動物になったようなモヤモヤがこみあげてくるだけではなく、不思議に心が浮き立つというか」

今の自分の状態をできるだけ正直に口にしただけなのに、菊池の表情が物騒なものに変わった。

「やはり聞き捨てならない。誰とした？」

答えるまでは許さないという勢いで尋ねられたが、桜河内には答えるつもりはなかった。

「騒ぐな。まずは俺の質問に答えるって言っただろ」

「だったら、答えてやろう。世界は変わるときと変わらないときがある。好きな相手としたときには、劇的な変化がある。そうでもない相手とした場合には、生理的にスッキリした感覚はあっても、かすかな自己嫌悪が残るというか」

——自己嫌悪？

少し落ちこむような感覚が桜河内にはあった。

だけど、その他の反応は『好きな相手』としたときのものに当てはまる気がする。

混乱していく桜河内に、菊池はやかましく騒ぎ立ててきた。

「だから、いつ、誰としたんだよ？　おまえ、朝から晩までここに詰めたまんまで、ろくに帰宅してないだろ」

答えるまでは諦《あきら》めないといった菊池の態度に、桜河内は辟易《へきえき》した。いくら自分に話しかけてくる希有な相手とはいえ、こんな男に聞くのではなかった。

「うるさいな。したのは、俺の開発した『理想の彼女』のテストのためだ。そのおかげで、性の壁は問題なく飛び越えることもできたが」

「性の壁？　ってことは、相手は男か。おまえ、突っこんだの？　それとも、突っこまれたの？」

「おまえの研究には関係ないはずだが」

だが、菊池が自分に個人的な興味を持っているなんて考えることなく、桜河内は冷静に言い返す。

菊池は馴れ馴れしい態度で桜河内の近くの空いた椅子を引き寄せて腰掛け、自分の分のコーヒーをすすりながら言ってきた。

「いや、大いに関係がある。同性に恋をしたのなら、いっそのことおまえ、女になるつもりはないか？」

――何だと？

妙な話を持ちかけられて、桜河内は眉を寄せた。

「おまえが研究しているのは魚類であり、オスがメスになったり、メスがオスになったりの性転換システムだろ。それが、哺乳類に使えるようになったのか？」

互いの研究内容について、ある程度は把握している。だが、どこまで研究が進んでいるのかについては、各プロジェクトチーム間の競争もあって、明らかにされてはいない。

菊池は謎《なぞ》めかせた笑みを浮かべながら、口説いてきた。

「女はいいぞ。おまえみたいな容姿で女になったら、大変モテるはずだ。その気になりさえすれば、いろんな男をとっかえひっかえもてあそび、どんなワガママでも言いたい放題」

「その前に、哺乳類が性転換できるほど、おまえの研究が軌道に乗っているかどうかについて、尋ねたいな」

魚類と哺乳類とは、身体の作りが大きく異なる。

魚類の性転換システムが発見できたとしても、哺乳類に応用できるとは思えない。今回、菊池の研究が政府のプロジェクトに選ばれたというだけでも、驚きだった。

おそらく口八丁で上手に役人を丸めこんだに違いないと思っていたのだが、実用化のメドでもあるのだろうか。

自信たっぷりに、菊池は言ってきた。

「水槽の中の魚を特定の状況におけば、数ヶ月ほどで性転換が完了する。それに、とあるホルモンが関係しているのが明らかになった。今、そのホルモン物質を、マウスに投与して実験を重ねてるところだ」

「同じ物質を与えたところで、哺乳類であるマウスは性転換しないだろ？」

桜河内は、冷静に尋ねる。

だが、菊池は得意気に笑った。

「この研究発表をしたら、世界中が驚愕《きょうがく》するだろう。まだオスからメスへという一方的な変換しかメドが立ってはいないが、性別が自由に変えられるようになったら、一定の人数はそれを選択するだろうな。決定打というほどではないが、子供の数も増えるはずだ」

「世代の壁を乗り越えるほどの、完璧《かんぺき》な性転換ができるってことか。研究はそこまで進んでるのか？」

「さぁ」

菊池はニヤニヤするばかりだ。

マウスで性転換できるようになったとしても、人体実験をするまでにはさらに高いハードルがあることを、桜河内は知っていた。安全性を確認するためには、マウス以外にもイヌやブタで長い期間、テストしなければならない。

人での実用化はまだまだ先だ。

桜河内には菊池の言っていることが、妄言としか思えなかった。

「残念ながら、俺には女性になりたいという願望はない。そもそも、妊娠出産子育てなどしている暇はないからな。日本を少子化から救うために、やらなければならないことが山のようにある。妊娠や出産、子育てにかかる甚大な肉体的負担を、自分で引き受ける余裕はまるでない」

「だったら、相手に女になってもらうか？」

冗談めかして尋ねられて、桜河内はふと須坂が女になった姿を想像してみた。

須坂は骨格がしっかりした肩幅の広い長身で、いかにも男性といった顔立ちだ。そんな須坂が女装した姿を考えただけで、目眩《めまい》がした。

「いや、……それだけは勘弁してくれ」

「そうか？」

「それに、今後、その手の冗談は止めてくれ」

自分から切り出したことだったのだが、妙なことばかり言われてげんなりする。

なおも話しかけてこようとする菊池を振り切って、桜河内は一人になれるモニタールームへと向かった。

モニタールームは、桜河内が主任を勤める第一プロジェクトチームの実験室の、横にあった資材室を改造した部屋だ。

実験対象である須坂の様子を、室内に備え付けられた監視カメラで二十四時間監視することができる。さらに、ベッド全体をスキャンすることができるようになっており、須坂の生態をリアルタイムで探ることが可能だ。

小部屋のドアに在室の表示を出して、桜河内はいろいろな機材に囲まれた、コクピットのように狭い部屋に潜りこんだ。

ただ一人になりたかっただけなのだが、目の前のモニターに部屋にいる須坂の姿が映し出されているのを見ただけで、鼓動が跳ね上がる。

無条件に身体が熱くなっていくのは、セックスの条件反射のようなものなのだろうか。

須坂は私物のパソコンを開くことなく、ベッドに座ってぼんやりしているようだった。一時期ひどく熱中していたアダルト映像にも、興味を示していない。

――何をしてる？　……何を考えてる？

そんなことが気になって、桜河内はモニターの中の須坂を見つめ続ける。

須坂はやがて、何か自分の中からこみあげてくるものに流されたかのように、手を足の間に伸ばした。自慰を始めるのだと予感できた桜河内は、視線をそらそうとする。

だが、須坂のデータを取るためには、何をおかずにしているのかを確認しておく必要があった。

いつもの須坂だったら、大量にあるアダルト映像を活用するはずだ。なのに、今日はそうではない。

何かを頭の中で思い描いているかのように目を半ば閉じ、性器を弄っている。だんだん気持ち良くなってきたのか、息を乱し始める須坂を見ていると、桜河内までたまらない気分になってきた。

先ほど須坂のものを受け入れていた部分がずくずくと疼いてくる。息苦しいような気分になった桜河内は何かに取り憑かれたかのように手を下のほうに伸ばした。

服の上から探っただけで、すでに性器が熱くなっているのに気づく。

服の前を開き、須坂に以前教えられた通りの手順で指でしごいた。そうしているうちにもっと奥が疼いてきた桜河内は、さらに足を大きく広げて、須坂のものを受け入れた部分に手を伸ばす。

それなりに後始末をしておいたはずなのに、中にたっぷり塗りこまれた潤滑剤や精液が溢れ出して、入口のあたりがぬるぬるしていた。

粘膜をちくちく刺激されているような痒《かゆ》さに耐えきれずに、ためらった末に自分で指をそこに押しこんでいく。

「……っ」

疼いていた部分を掻き回しただけで、ぞくっとたまらない快感がこみあげてきた。

こんなところに指を入れて自慰するなんて、今までの自分では考えられない。だけど、掻き回す動きが止められなくなっていた。中はひどく熱く、指をくわえこんでひくひくしている。

「は」

どうしたらスムーズに指が動かせるのか考えながら、桜河内は薄く目を開いてモニターを見た。

視線の先に須坂が見えた途端、彼にここを掻き回されたときの感触が濃厚に蘇った。もしかしたら須坂も、自分としたことを想像しながらしているのだろうか。

そう思っただけで、全身の熱が上がっていく。

「っは、……っは、は……っ」

椅子の上で膝を抱えこみ、その膝に額を押しつけるようにしながら、桜河内は指を淫らに動かした。

体内に押しこんだ指だけではなく、握りこんだペニスもジンジンするほど熱くなっていた。先端に指を這わすと、くち、と音が漏れる。ぬるぬるをペニス全体に塗りつけるように指を動かしていくと、あえぎたくなるような快感に腰が揺れる。

快感に囚われながらも、桜河内の視線はモニターに釘付けだった。

須坂の男らしいまっすぐな眉や、その下にある瞳に、焦がれるような視線を向けてしまう。ずっと引きこもりだと言っていたが、須坂の逞《たくま》しい肩幅や身体つきは好ましいものだった。見つめているだけで、胸がジンジンしてくるのはどうしてなのだろう。

須坂のくっきりと高い鼻筋や、頬や唇の形を何度も視線でなぞってしまう。

見慣れるにつれて、だんだんとその顔立ちが、魅力的に見えてくるから困る。須坂を他の研究者に見せたくはない。自分だけの実験体として、この部屋の中に閉じこめておきたい。

「は……」

ペニスをしごいていた画面の向こうの須坂が、こみあげてくる快感に耐えかねたように眉を寄せた。それと全く同じ表情を、自分とセックスしていたときの須坂が浮かべたことを思い出して、ぞくりと身体の奥が震える。

桜河内は須坂を凝視しながら、切迫してくる欲望のままに下肢の手を動かした。

「……っは、は……っ」

自分がひどく淫らなことをしているという意識がつきまとう。

性的な欲望とは無縁でいられたのは、こんなふうに気になる相手がいなかったからだろうか。だが、一度知ってしまってからは、まっさらの状態には戻れない。快感が快感を呼び、こうなると自分では制御できない。

——須坂は、……彼女と…経験…した。過去には、……何人も、恋人がいた。

須坂を実験体としてスカウトするにあたって、詳細な身辺調査をしている。引きこもりになる原因を調べたときに浮かびあがってきたのは、須坂がセクハラをしたという彼女の存在だ。

――同僚にも話を聞いた……。須坂は焦りすぎたと言ってた。もう少し落ち着いて迫ったなら、彼女とはうまくいっただろうと。

今でも、須坂は彼女のことが忘れられずにいるようだ。そのことは、須坂が選ぶアダルト映像の女優のタイプを見ればわかった。彼女とてても似た、色白で目がぱっちりとした、可愛いタイプばかりだからだ。

――俺とは、まるで似てない。

同じモンゴロイドなのだから、一皮剝《む》けば同じだ。だが、男女の性別の差は骨格にも現れる。自分は彼女にはなれない。須坂のタイプでもない。

半ば目を閉じて快感に浸っている須坂の姿を眺めながら、桜河内はぞくぞくとこみあげてくる快感に身を任せ、指の動きを速めて昇りつめようとしていた。

――ん、……ん、……っ、あと……少し……っ。

あと一擦りでイってしまう、というところまで辿り着いたとき、ひたすら見つめていた須坂の唇が動いた。

――え？

何を言ったのかはわからない。

だが、その口の動きが、自分の名字を呼んだように思えて仕方がない。

そのまま無視して最後の一擦りを行おうとしたが、あまりにも気になった桜河内は、手を伸ばして須坂の部屋につながるマイクの電源を入れた。

同じくイきそうになっているらしい須坂に、深呼吸してから尋ねてみる。

「――質問があるんだが」

いきなり部屋に響いた桜河内の声に、須坂はギョッとしたように飛び上がった。股間から手を離して、あわてて部屋中を見回している。どこから桜河内の声が聞こえてくるのか、わからずにいるらしい。

『な、……何？』

「おかずもなにもなしでイきそうになっているようだが、どういうわけだ？」

まずは、そこから質問することにする。

性欲旺盛な須坂の、毎日の性生活を記録している。今回の自慰も、分類する必要があった。

絶頂にいたるギリギリのところで邪魔が入った須坂は、急に他人の目を意識したように服装を整え始めた。中断させるつもりは桜河内にはなかったのだが、その気が失《う》せたのかもしれない。

――悪いことをした。

桜河内も、須坂に対する詫びのつもりでもそもそと服装を整える。

須坂はしばらく考えてから、返してきた。

『おかずもなしって、……まぁ、……そういうこともあるよ』

曖昧な返事が戻ってきたが、桜河内はそれで終わらせるわけにはいかない。

「正確に記録する必要があるんだ。だからこそ、今のおかずは何だったのか、ハッキリと言ってくれ」

しつこく要請すると、須坂は居心地が悪そうに身じろいだ。

『ええと』

答えを待ちながらも桜河内の頭に引っかかっていたのは、先ほどの須坂の口が、自分の名らしきものを呼んだことだ。

——まさか、俺がおかず、なんてことはないよな？

すぐに否定するが、鼓動が乱れて耳まで火照ったようになる。

須坂は何かを言おうとして何度か唇を湿した後で、言いにくそうに言ってきた。

『さっきの、……アレ』

ドキンと、桜河内の鼓動が大きく乱れる。

桜河内が須坂の姿を見ながら自慰したのと同じように、須坂も自分とのセックスを追憶しながら自慰したというのだろうか。

「おかずは、……俺か？」

桜河内は動揺が声に現れないように注意しながら、できるだけ冷静な声で聞き返す。

だが、須坂はその声の冷ややかさに刺激されたかのように肩を揺らして、それから軽く首を振った。

「違う。そうじゃなくて、……ゴーグルの中にいた、……彼女のことを思って」

それを聞いた瞬間、桜河内はギュッと胸が痛くなるような痛みを覚えた。

——あれ？

どうして、自分がこんなふうになるのかわからない。桜河内はその理由を探ろうとする。

須坂が彼女のことを今でも好きなのは、事前に調査してあったことだ。桜河内もそのことについては承知しており、今さら驚くべきことではない。

そもそも、あのゴーグルは須坂に合わせて、彼女の姿を映し出すようにしてあったのだ。

須坂が言い訳のように続けた。

『さすがに、……あの、……生の感触は久しぶりにきた。……AVさえあったら、一生おかずは必要ないと思っていたけど、やはり中の人がいるのはいいな。本物の彼女だったら、もっと最高だったんだけど。……だけど、もう俺のことなんか忘れて、結婚してるかな』

須坂の口から彼女の話が出るたびに、桜河内はちくちくと胸が痛むのを感じる。

——結婚はしてない。

桜河内は彼女と直接会って、3Dホログラムのデータを取らせてもらった。そのときに、少し話もした。

むしろ彼女は、須坂に会ってセクハラで訴えたことを詫びたいと言っていた。あんなふうに、須坂がクビになるとは思わなかったそうだ。キスされたところを会社の人に見られ、自分がふしだらだと思われないように、セクハラされたと訴えずにはいられなかったのだと。

だが、桜河内は自分が知っている情報を言葉にできない。

須坂と彼女のことを考えるだけで、モヤモヤした気分になる。

須坂が彼女のことを思って『理想の彼女』を使うように、桜河内はわざわざ仕組んだ。そのテストはうまくいったはずだ。何で自分がこんなふうに鬱屈《うっくつ》した気分になるのか、わからない。

——この胸の痛みはいったい何だ？

のどに息がつかえるような奇妙な感覚があって、桜河内は咳払いをした。

「そうか。だったら、おかずは彼女ってことでいいな。妄想の中……いや、ホログラムで体験した彼女の姿だと」

『ああ』

その返答を聞いた後で、桜河内は尋ねてみる。

「生身の彼女に会いたいか？」

会いたいと言われたら、この実験が終了したときに仲介の労を取るつもりはあった。

だが、須坂は考えこむように少し固まってから、首を振った。

『いや。今さら会っても、幻想が破れるだけかもしれないから止めとく』

「どういうことだ？　会いたくないのか？」

須坂が彼女のことをいまだに好きだということは、言動の端々から感じられる。

なのに、会いたくないなんて、桜河内には理解できない。

食い下がると、須坂はまた少し考えてから、苦笑した。

『……会わなくなって三年間、妄想ばかりしていたからな。現実の彼女から、少しずつ離れていってる気がするんだ。だから、会わないままでいたほうが、彼女に恋したままでいられるかもしれない』

「おまえの言っていることは、訳がわからない」

桜河内はハッキリと、須坂の部屋につながっているカメラに言ってやった。

引きこもりになるほど、彼女にセクハラで訴えられたことが須坂の中で深い傷となっているらしい。

彼女のことが好きなのに会いたくないなんて言い出すのは、また傷つけられることに怯えているのだろうか。

——だけど、彼女はおまえのことを、憎からず思ってる。

再会したら、きっとうまくいく。

だが、桜河内はそのことを伝えられないまま、須坂との通信を切った。

モニターも消して、ふうと深いため息をつく。

須坂と話をしただけで、ざわざわと心が騒いでいた。

何だか心が落ち着かない。

こんなふうに頭がボーッとして、何も考えられなくなることなど初めてだった。


須坂のほうでも、あの日以来、桜河内のことが頭から離れなくなっていた。

一生かけても見終わらないかもしれない、膨大なお宝映像が目の前にあるというのに、全く興味が湧かない。

いくら実験体としての報酬をもらっているといっても、それなりに仕事もある。だが、そちらにも集中できそうになかった。

その代わりに、須坂が熱中していたのは、この国立政策研究所のセキュリティを破ることだった。ことあるたびに、いろんな方法を試している。セキュリティの穴を、そろそろ暴けそうだった。

この研究所に来てからというもの居室に引きこもりだったが、ロビーや廊下に無数に設置されていた監視カメラを目にしている。あれらのシステムに侵入することができたら、いい退屈しのぎになるに違いない。桜河内のこともののぞき見ることができるだろう。

——あいつ、仕事中はどんなふうなのかな。部下がいるらしいけど、ちゃんと面倒見れてる？

自分のいないところで桜河内がどのようにふるまってるのか、気になってならない。

三日ほどでその成果は出て、まずアクセスできるようになったのは、この研究所の職員の人事記録だった。

須坂はドキドキしながら、桜河内の人事記録をディスプレイに呼び出した。

生まれは横浜で、幼いころに両親と一緒にヨーロッパに渡ったようだ。十歳頃から父の研究所に出入りし始め、飛び級を重ねて十五歳のときに有名な大学を卒業している。その後、大学院にしばらくいたが、アメリカの国立政策研究所で自己モニタリング機能の障害について研究し、そこで主任特別研究員を務めている。

――自己モニタリング機能？

どんな研究なのか、さっぱりわからない。

そして、二年前に日本における重要な国策となった少子化政策の解消のために帰国を請われ、国立政策研究所の研究員になったという経歴だった。

人事記録には、冷ややかに取り澄ました桜河内の画像が添付されている。桜河内が発表したという論文も山のように添付されていたが、英文で綴《つづ》られたそれに目を通す気力は須坂にはなかった。

――十五歳で大学卒業だなんて、とんだ天才少年だな。

だからこそ、あれだけふんぞり返って他人とのコミュニケーションが上手にできないのだろうかと考えながら、桜河内の現在の研究室のフォルダを眺める。

現在の研究内容がそこに収められているようだが、そこはパスワードで守られている上に専門的な内容の論文や研究データばかりだろう。自分がそれらを理解できるとは思わず、痕跡を消すためにアクセスログファイルを開いたときだ。

ふと気づいて動きを止めた。

——あれ……？

不審なコマンドが組みこまれている。

これは何かと思いながら慎重に確認してみると、特定の文字列を削除し、コマンド実行履歴を改ざんするためのものだった。

気になって他の部分も確かめてみると、これは人事記録のログファイルだけに組みこまれているのではなく、サーバーのいくつかの場所に仕掛けられていた。

——人事記録、桜河内の第一プロジェクトの研究内容が入っているらしいフォルダ。あと、……これは…何だ…？

おそらくこのサーバーは、誰かにハッキングされている。それを確認した上で、須坂はこの不正なアクセスの犯人の痕跡を探し出そうとする。

この犯人は、施設全体の監視カメラネットワークにアクセスしていた。アクセスの多さを見ると、おそらくこれが本命だ。ずっとつなぎっぱなしにされて、映像が流出し続けている。

その画像をディスプレイに呼び出した須坂は、その途端に固まった。

——何だこりゃ……っ。

大写しでディスプレイに出てきたのは、股間から桜河内を見上げる角度に調整された映像だった。桜河内の机の下に、マイク内蔵の監視カメラが設置されているらしい。あまりのえげつなさに絶句するが、やけにエロい。

――股間アップだなんて……。

これを設置した人物は、桜河内にプライベートな執着があるのではないかと疑うほど、絶妙な角度だった。単に桜河内に見つからないように机の下に設置したと思えないこともないのだが、それにしては角度が問題だ。

今の映像だけではなく、さらにもう二台、桜河内に知られないように設置したと思われるカメラが見つかった。背後の棚の上から桜河内のうなじあたりを集中的に撮影するものと、胸元をやたらと映すものだ。

――フェチ。

須坂はゴクリと息を呑んだ。

須坂でもこの映像をずっと見ていたいと思えるほど、桜河内は魅惑的な姿をさらしている。

今現在、机にいる桜河内は、物憂げに何やら考えこんでいた。

この映像の角度からでは、表情はあまり見えなかったが、軽く開いた足のラインや、身じろぎのたびに服の皺《しわ》から感じ取れる肉体の質感に、須坂は釘付けになってしまう。

――何だか桜河内は、存在自体がエロいよな……。

そのエロい身体で自慰の一つもしたことがなく、清らかな白衣に身を固めているというのだから、周囲の男女の興味を否応《いやおう》なしに惹きつけることだろう。それが暴走して、こんなものを設置する変質者まで出たのだ。

桜河内の研究成果をかすめ取ろうとしているより、この盗聴画像を見るかぎりでは、その本人への執着のほうが強く感じ取れた。

――誰だよ、俺の桜河内に。

そんなことを考えて、『俺の』なんて思ってしまった須坂はイヤイヤと首を振る。

どのみち、この犯人をあぶり出さなければならないだろう。

それなりにパソコンの使い方に慣れた、頭のいい相手だ。追跡してみても、途中でその痕跡は匿名化され、ログが残らない経路で痕跡が消されていた。あのように監視カメラを配置できたということは、桜河内の研究室の机のそばまで実際に出入りできる人間だろう。実際の脅威ともなるかもしれない。

――どうする？　……桜河内に知らせるか？

自分一人で犯人を探り当て、颯爽《さっそう》と知らせるのも悪くない気がしたが、それにはまだ時間が必要だった。

とにかく桜河内に会っておかなくてはいけない気がして、須坂は立ち上がって部屋の壁にあるインターホンを押した。

「誰につながってるか知らないけど、桜河内を呼んでくれ！　至急、伝えたいことがあるんだ」

須坂の居室は二十四時間監視されていると、桜河内から説明されている。おそらく、この壁のインターホンはその監視部屋か、警備の部屋につながっているはずだ。

そう考えたのが当たったのか、しばらくしてから返事があった。

『――はい。こちら、警備室ですが』

今日までに終わらせなければならない仕事が一段落ついたので、桜河内は自分の机で大きく伸びをした。そろそろ、来年度の予算申請に関連して、書類の作成も行わなければならない時期だ。国策となっている少子化プロジェクトは何より優遇されてはいたが、国の財政は逼迫《ひっぱく》するばかりだ。それなりの成果が求められている。

――だが、『理想の彼女』は、なかなかいい実験結果を得ることができた。

実用化するのも、そう遠い将来ではない気がする。だが、その実験データに目を通すたびに、桜河内の脳裏に浮かびあがるのは、ゴーグルの隙間から見えた須坂の目だ。

――目が合った……。

どうして須坂はゴーグル越しではなく、自分を見ていたのだろうか。その疑問が、ずっと心にまとわりついて消えない。

そのことを問いただす必要があったし、そろそろ次の実験も行わなければならない時期だ。なのに、中の人をまだ選ぶ努力もしていないのは、須坂に拒まれたから、という理由だけではない気がする。

――会って、説得すればいいだけだ。俺は、中の人になることはできないと。

あくまでも客観性を維持しておきたい。

なのに、どうしてその決断ができないのだろうか。

合理的な判断を何より優先させる桜河内にとっては、こんなふうにモヤモヤするのは珍しいことだった。

そんな自分に戸惑い、気分転換にコーヒーでも飲もうかと立ち上がったとき、スタッフが桜河内に向かって急いでやってくるのに気づいた。

「……、実験体が、主任を呼んでいるそうです」

「え」

「部屋でそう騒ぎ立ててると、警備から」

須坂の居室は二十四時間監視カメラで記録され、スキャンされているが、モニターの向こうにいつでも人がいるとは限らない。今、スタッフは二台目の『理想の彼女』を作ることに忙しく、それを見ている暇はなかったはずだ。

「すぐに向かうと伝えておいてくれ」

スタッフと別れ、桜河内は白衣の裾を翻して須坂の居室に向かう。

須坂のほうから自分に会いたがるなんて、どんな用事があるというのだろうか。このところ、心がモヤモヤして、須坂と顔を合わせずにいたことを、桜河内は後悔した。

――もしかして、……退屈だから、もうここでの実験体を止めさせて欲しいとか……？

脅して強引に連れてきたのが、無理があったのだろうか。

廊下の角を回ると、須坂の居室の前に警備員が立っているのに気づいた。彼は桜河内に気づいて、近づいてくる。

「第一主任の、あなたと話したいそうです」

「わかった。手間をかけさせた。後は大丈夫だ」

警備員を帰してから、桜河内は須坂の居室のドアのロックを、ＩＤカードで解除して開く。

途端に、コートを脇に抱えた須坂が手持ち無沙汰に立っているのが見えた。

身につけているのは、ここに来たときに着てきたスーツの上下だった。本当に去ろうとしているように思えて、胸が騒ぐ。

どのように引き止めたらいいのかわからないでいたとき、須坂が歩み寄ってきた。

「このまま、……外に向かうぞ」

「何のために？」

戸惑って、桜河内は聞き返す。須坂は桜河内を見て、かすかに笑った。その表情は自分を嫌っているようには思えず、少しだけ緊張がほぐれる。

須坂は抱えていたコートを、桜河内に羽織れとでもいうように手渡してきた。

「俺は自由意志で実験に協力すると、書類上ではなっていたはずだ。だが、室外での行動については、研究責任者に許可を求める形となっている。俺の室外行動を許可してくれ」

室外行動というのは、外出のことだ。桜河内を呼び出す前に、須坂は契約書類を読み返したのだろう。

須坂が犯した政府機関へのハッキングをネタに、協力しないと刑務所行きだと脅したが、公的には須坂は『実験協力』という形を取ってもらっている。

そんなことを突然言い出した須坂の意図が読めなくて、桜河内は聞き返した。

「ここから、帰りたいってことか？」

「いや。散歩したいだけだ。……ここに来てから、一度も室外行動してないから」

そう言われて、桜河内はようやくホッとすることができた。

「動物園などでは、人間に飼育された生き物が深刻な健康問題を抱えるというが、その類《たぐい》か？」

「え？」

「つまり、運動不足とストレスが蓄積していると、そういうことか？」

監視なしでこの施設内をうろつかせても、大丈夫だろうか。ここでの研究内容は公にされていないものも多く、立ち入りが制限された地域も多い。しかもやたらと廊下が入り組んでおり、慣れなければ道に迷うだろう。

「警備員に……付き添ってもらうか？」

さきほどの警備員はまだ近くにいるだろうかと思いながら振り返ると、須坂が桜河内の肩に軽く手を乗せた。それだけで、あやしく胸が騒ぐ。顔を寄せて、須坂がささやいてきた。

「付き合ってくれない？　運動不足とストレスが蓄積してるのは、あんたも一緒だろ。ほんの三十分ぐらいでいいから」

なんで自分が、と思ったが、肩にかけられた須坂の手を振り払うことができない。桜河内は、戸惑いながら視線を須坂に向けた。

許可をねだるように微笑《ほほえ》みかけられると、また鼓動が乱れる。須坂の微笑みは、やたらと魅力的だ。

そのことは、認めないわけにはいかないだろう。

まだ今日中にしておきたいことはあったが、午後五時になった現在、ある程度片づいてはいる。散歩して、気分をリフレッシュしても問題はない。そう判断して、桜河内はうなずいた。

「いいだろう。どこに行くつもりだ？」

「どうせだから、外出ようよ。寒いかもしれないから、あんたも白衣の上にこれ着て」

――外……？

須坂が桜河内の手にあったコートを開いて、肩に着せかけてくる。

自分のものがある、と言いたかったが、わざわざロッカールームに戻るのも面倒で、桜河内はおとなしくそれを着ることにした。

——須坂の匂いがする……。

かすかに漂ってくる男っぽい匂いにドギマギしながらも、桜河内は何でもない態度を装い続ける。痛いほど須坂の存在を意識しながら、連れだって国立政策研究所のエントランスから、外に出た。

三月の下旬だ。

ようやく寒さが緩んできたところで、夕焼けが綺麗に空を染めていた。このあたりは新しい埋立地で、区画整理によって広い道路と整然とした街並みが形作られていた。広大な敷地を持つ商業施設や、物流施設、天をつくほどにそびえる巨大ビルも目につく。

海沿いには公園が整備されていたが、道を歩く人は少なく、日が沈んだらこのあたりは閑散とした雰囲気になるはずだ。

風が吹いた途端、須坂は寒そうに首を縮めた。

「わ。……意外と寒いな」

その仕草に、桜河内は唇をほころばせた。

「コート返してやろうか？　引きこもりが外出しようなんて、どういう風の吹き回しだ？」

須坂にはそう言ったが、桜河内のチームのスタッフも、自分が実験体と一緒に散歩していると知ったら、目を剝くことだろう。

それくらい、桜河内は仕事以外のことに時間を割いたことがない。運動は健康のために最低限しようと思っているが、忙しさに紛れて後回しにされることが多い。こんなふうに、誰かと目的もなくぼんやりと歩くなんてことはまずなかった。

「実は、おまえに知らせたいことがあって」

言いながら、須坂はぐるりと周囲を見回した。

広い道路の向こうから、風が抜けていく。街路樹は葉を落とし、まだ新緑に彩られる前の寒々しい風景ばかりが目につく。

ビルの向こうで一際艶やかに輝いているのは、海沿いに建てられた遊園地のネオンだった。夕焼けを背景に大きな観覧車が見える。

須坂もその観覧車が目についたのか、指さしながら言ってきた。

「あそこ、行ってみない？」

遊園地になど、桜河内は一度も行ったことがなかった。どうして行きたいなんて須坂が言い出すのか、理解できない。

その方向に向かってとっとと歩きだした須坂を追いながら、抵抗してみる。

「散歩だって言ってただろ。三十分で戻るって。……あそこまで歩いたら、三十分じゃ往復できない。話があるのなら、ここで話せ」

「いや。こんな寒いところじゃ、落ち着いて話ができないだろ。だから、ああいうところに腰を落ち着かせて」

「まさか、観覧車に乗るつもりか？」

「乗らないつもりかよ？」

驚いたように言ってくる須坂に、桜河内は整然と理を説くことにした。

「いいか、観覧車が一周するのは、せいぜい十五分ほどだ。あそこまで辿り着くのに少なくとも十分はかかる。その時間を無駄にすることなく、このあたりのベンチで話すのはどうだ？」

だが、須坂は肩をすくめて笑った。

「散歩だろ？　効率ばっか求めないでさ。たまには観覧車乗って、肩の力抜いて楽しもうよ」

——楽しむ……？

観覧車に乗る楽しみなど、桜河内は味わったことがない。納得できずに、聞き返した。

「どこが楽しいんだ？　ジェットコースターとかならスリルを味わうことができるだろうが、観覧車はスピードは遅いし、高さだけの乗り物としか思えない」

須坂は桜河内のそんな言い方を楽しむように、くすくす笑った。

「それがいいんだって。二人だけの密閉空間だろ。しかも、たった十分とか十五分程度の、短いロマンス」

——ロマンス……？

須坂が自分にロマンスを求めているのかと思うと、桜河内の心臓はあやしく騒いだ。落ち着かなくなった桜河内に気づくことなく、須坂は呑気《のんき》に続けた。

「観覧車で告白したり、初キスをするカップルが多いの知ってる？　俺も、初キスをしたのは、観覧車だったな……」

懐かしそうにつぶやかれて、桜河内はムラッとした怒りが腹のあたりから湧きだすのを感じた。

「気の多いことだな。例の彼女ではない、別の女性の話か？」

「中学生のころだから、初めての彼女」

「中学生のうちから、おまえは色気づいてたのか」

「そのころのあんたは、飛び級重ねて大学にいたんだっけ？」

聞き返されて、桜河内は眉を上げた。

「俺はそんな話をしたか？」

十五歳で大学を卒業したというのは、日本では信じられない学歴らしい。ことさら自分の優秀さを吹聴《ふいちょう》することになるようだから、桜河内はあえて自分から話すことはない。

飛び級を重ねたとは言ったかもしれないが、具体的に年齢を口にしただろうかと考えながら黙っていると、須坂があわてたように言ってきた。

「あ。いや、それくらい、頭良さそうだな、と」

納得できないものを感じながらも、桜河内は不機嫌顔で言った。

「少なくとも、遊園地で女の子とデートする暇はなかった」

「まさか、遊園地初めて？」

「そのまさかだ」

「あんたは何かと、俺の度肝を抜くよな」

須坂と話している間にも、次第に観覧車が近づいてくる。

夕日の明るさは消え、薄暗くなっていくのに合わせて、観覧車のイルミネーションが映えた。次々と切り替わるそれは、どれだけのバリエーションがあるのかわからないぐらいだ。

こんなふうにしみじみと観覧車を見たことはなかったが、さすがに綺麗だ。桜河内はずっと上を向きっぱなしになりながらも、口を開く。

「各地の学会に出席するついでに、その土地のジェットコースターに乗るのを楽しみにしているという教授に会ったことがあるが、俺にはそんな趣味はなかった」

「だったら、俺とが初デート……？」

――デート？

これは散歩であって、デートのつもりは桜河内にはなかった。だが、当然のようにそんなことをつぶやかれ、冷ややかな視線を須坂に向ける。

だが、須坂にそれを気にした様子はない。うきうきとした様子で、遊園地の券売機に近づいていく。

「ええと、……個別の乗り物券でいいよな？　今の時間なら、ジェットコースターは待ち時間なしだって。あと少ししたら混むかもしれないから、先に乗っておこうぜ」

勝手に決められて券を買われ、案内されるがままに桜河内はジェットコースター用の階段を登っていった。

「ジェットコースターも初めてなんだが」

「遊園地に来るのが初めてってことは、そうだろうね。何事も経験だぜ」

階段を登りきった先にあるジェットコースターは、ガラガラだった。一回待っただけで、一番前の座席に二人並んで座ることができた。

そこに乗りこみ、急なレールをじりじりと上がっていく状況にようやくやばいものを感じ取った桜河内は、横の須坂に告げる。

「おい」

「何？」

「……もしかしたら俺、こういうの、苦手な気がするんだが」

「もう手遅れだね」

気の毒そうな須坂の声が戻ってくる。

その二呼吸後にジェットコースターは坂の頂点に達し、異様にドキドキする間があった後で、信じられないほどのスピードで、くねりながら滑り落ちた。

「ぎゃあああああ……っ……！」

勝手に桜河内の口から、叫び声が突き抜けた。

そんな桜河内と須坂を乗せて、ジェットコースターはぐるんぐるん回転しながら急坂の上り下りを繰り返す。死ぬ、という時間の後で、ようやく所定の場所で止まった。

ブザーの音が鳴って、乗客を座席に固定するためのバーが外れる。

だが、放心していた桜河内は、すぐには動くことができずにいた。横にいた須坂が立ち上がって、腰に腕を回してくる。

「腰、抜けちゃった？　俺が抱き上げて、下ろしてやろうか」

さわっと腰を撫でられて、桜河内は大きく震えた。

「結構だ！　一人で降りられる」

どうにかホームまで辿り着くことができたものの、足もとがふらつく。

すぐにはジェットコースターの長い階段を下りることもできずに、桜河内は降り口の脇にあったベンチに座りこんだ。大きく息をついていると、須坂がくすくすと笑いながらその前に立った。

「どうだった？　初めてのジェットコースター……」

「乱気流に巻きこまれたときの、飛行機よりもろくでもない」

まだ鼓動がどくんどくん鳴り響いて、足が震えているような気がする。

ものすごく怖いのに、アドレナリンが放出されて、癖になりそうな気持ちもあった。桜河内は大きめの須坂のコートで、襟元の隙間をすっぽり覆うように腕を回す。

「異様なほど心拍数が上がって、まだ動悸《どうき》が収まらない」

「そんなにドキドキしてんの？　心拍数が上がるような場所でデートすると、そのドキドキと恋のドキドキを勘違いして、恋に落ちるって言うよな。俺でも知ってる、吊《つ》り橋効果」

「まさか、それを狙《ねら》ったわけじゃないだろうな」

あやしみながら須坂を見ると、須坂は楽しげににんまりと笑った。

「そんなことはない。久しぶりに、ジェットコースターに乗りたくなっただけ」

須坂の輝く目を見ていると、その本心がどこにあるのか、見定めるのは難しい。ひたすら研究に没頭していた自分よりも、須坂はいろんなことを知っているような気がしてくる。

足もとがふらつくのを感じながらも、桜河内は見くびられたくなくて立ち上がった。

「もう、引きこもるのは止めたのか？」

三年間、須坂は家の外にろくに出ていなかったらしい。だからこそ引きこもりだというイメージが定着していたものの、こうして楽しげにしている須坂を見ていると、それが覆される。

須坂は桜河内に、意味ありげな眼差しを向けてきた。

「そろそろ、退屈だから外に出たいと思ってたんだよね。あんたが、そのきっかけを与えてくれた」

その眼差しに、何か特別な思いがこめられているように感じられた。どういう意味なのかと続きを待ったが、須坂は何も言わない。

諦めて階段を下りようと歩きだすと、須坂が手を差しのべてきた。

それを何気なく握ると、ぎゅっと握りこまれた。その感触に、桜河内の鼓動がまた跳ね上がる。須坂にはやたらとドキドキさせられてばかりだ。

「指先、冷たいな。……観覧車行く?」

うなずくと、手を握られたまま、ジェットコースターの階段を下りていくことになった。

観覧車に向かうまでの間、須坂は桜河内の手を離さなかった。冷たかった指先に、須坂の体温が伝わってくる。

何で自分が須坂の手を振り払わないのか、理解できない。須坂が何のつもりで自分の手を握るのかも、わからないままだ。

――冷たかったから?

だけど、今まで桜河内の手をこんなふうに握った相手はいなかった。両親でさえも、こんなふうに手をつないでくれた記憶はない。

不意に桜河内は胸の痛みを覚えた。須坂からぬくもりを与えられて初めて、自分がひどく凍えていたことに気づく。

観覧車の乗り場に近づき、他の客の姿が目につくようになったとき、須坂は名残惜しそうに桜河内の手を離した。

係員にチケットを差し出す須坂の姿を眺めながら、桜河内は手をコートのポケットに入れる。

順番が来て乗りこむまでの間、桜河内は何も言えずにじっと押し黙っているだけだった。だが、須坂と二人きりで観覧車の空間に乗りこむと、向かいに座った須坂との距離の近さに戸惑う。膝と膝がくっつきそうで、ドギマギした。

「狭いな」

咳払いとともに、つぶやく。

須坂が初キスを観覧車でした、と話していたことを不意に思い出した。

視線を上げると、須坂がじっと見つめてくる眼差しと目が合う。途端にどきりと鼓動が跳ね上がり、桜河内は息を詰めた。

――え……？　まさか。

須坂は話がある、と言っていた。観覧車は告白や初キスをするのに、いい場所だそうだ。わざわざ自分を観覧車に乗せたのは、もしかして愛の告白をするためなのだろうか。

――いや、そんなこと、あり得ない。

そうは思うが、デートだの妙なことを言っていたはずだ。

須坂に握られた手を、桜河内はコートのポケットの中でぎゅっと握りしめた。何だか息苦しくて落ち着かないから、早く何かを言って欲しいのに、須坂は何も言わない。

耐えきれなくなって、桜河内のほうからうながした。

「話があると……言っていたはずだが」

愛の告白をされたら、自分はどうしたらいいのだろうか。

当然断るに決まっている。愛だの恋だのという要素は、桜河内の人生に必要ない。なのに、コートから須坂の匂いが漂うだけで、ドキドキする。須坂の眼差しを意識するだけで、ひどく困惑してしまうのはどうしてなのだろう。

——断り切れなくなったら、どうしよう。

下手すると泣きだしてしまいそうな、奇妙な感情の揺らぎが桜河内を襲う。

どんな大舞台での研究発表においてさえも、ここまで緊張したことはなかった。乱れるばかりの鼓動に、このままでは死んでしまうと思ったとき、須坂がぐっと上体を乗り出した。

——いよいよだ。

そう思うと、自然とうつむいてしまう。

須坂はいきなり言ってきた。

「あんたの研究室が、ハッキングされている可能性がある」

「は？」

予想していたのとはまるっきり違う内容に、桜河内は絶句した。

全てが自分の早合点だとわかった瞬間、顔が真っ赤に染まっていくのがわかり、桜河内は片手で顔を覆った。

観覧車は薄暗いから、自分の変化が気取られないといいと思いながら、声だけはつとめて冷静に言い返す。

「そんなはずはない。ネットセキュリティは専門外だが、研究所のシステムには政府の最高のセキュリティが使われているはずだ。……ああ、だがおまえは、政府のシステムから、アダルト映像を奪ったんだな」

そんなことができる須坂のほうが、セキュリティには詳しいのだろう。

須坂は嚙んで含めるように、言ってきた。

「この研究所のデータは、きわめて厳重なセキュリティで守られてはいるんだけど、内部からのハッキングは比較的容易なんだ。今日、不正にアクセスされた証拠のログを見つけ出した。あんたの研究データがあるフォルダにも、アクセスされた痕跡がある」

須坂は手書きのメモを見せてくれる。それは桜河内の研究データが一式、保管してあるフォルダのアドレスに違いなかった。

浮ついていた気持ちが、一気に引き締まる。巨額の資金を使った研究が、どこかに流出しているのだろうか。

「誰かが、俺の研究データを探っていたと？　その犯人はわかったのか？」

「内部の誰かの仕業であることは、間違いない。それだけじゃなくって、あんたの研究室の机の周辺に、監視カメラが三台、秘密裏に仕掛けられているんだ。そこからの動画が随時、外部のサーバーに送られている。おそらく今も」

その証拠として須坂が持っていたタブレットで見せてくれたのは、桜河内の股間とうなじと胸元の拡大画像だった。

研究データならまだしも、このようなものを流出させる意味がわからない。

生理的に不快なものを感じた桜河内は、眉を寄せた。

「何だ、これは。女風呂の盗撮と、何ら変わらない変質者的な行為に思えるが」

「あんたの研究ファイルにアクセスした犯人と、この画像を撮影した犯人はおそらく同一人物だ。研究データにアクセスしたのは一回きりだけど、あんたの盗撮は今でも続いている。この画像を見る限り、この犯人は研究データというより、あんたに個人的な興味があるように思えるんだけど。あんたにこういう類の興味を持っていそうな相手に、心あたりはないのか？」

「こういう類？」

研究データが主目的ではなさそうだと知って、桜河内は少しだけホッとした。

「しつこく言い寄ってきたり、口説こうとしているようなやつ。男女問わず。カメラをこんなところに仕掛けられるぐらいだから、研究所の内部の人」

桜河内は腕を組んで、しばし考えこんだ。

仕事以外で他人と接点はない。部下にはそれなりに厳しく接しているが、逆恨みされたり、特に奇妙な反応はされていないように思える。

「特に心あたりは……」

つぶやくと、須坂に聞き返された。

「モテんだろ？　綺麗だし。何もしなくても、その姿だけでそそる」

——綺麗……？　そそる？

須坂にそう言われただけで、心臓がドキリと音を立てた。桜河内はあらためて、須坂をまじまじと眺める。

だが、本気で心あたりがないから困る。

接している人間を一人一人思い出してみようとした。だが、彼らと仕事以外で関わりは持たない。そもそも、個人的な話をほとんどすることはない。昼食の時間に同じテーブルになることがあっても、桜河内は次々と届く専門誌に目を通すのに忙しく、移動中も寸暇を惜しんで仕事をしている。

誰かと無駄話をして、時間を浪費しても構わないと思うことなど、須坂が初めてだった。考えてみれば、他人と身体が触れあうことすらほとんどない。

「やはり、心あたりはないな」

桜河内がため息とともに繰り返すと、須坂がうなった。

「ああ。どうすればいい？」

「犯人捜しはともかく、データの流出については早急に対応したほうがいいだろうな」

「日替わりでパスワードを変えてくれ。チームの皆に、パスワードの変更を知らせるのはメールではなく、手書きのメモかなんかで」

「了解した」

「それと、……ついでに、おまえの自宅にも監視カメラが仕掛けられてないか、確認しておいたほうがいいと思うんだけど」

「家には誰も入れた覚えはないが」

ここから車で十分ほどの海沿いのマンションに、桜河内の自宅はあった。研究所が借り上げている、社宅のようなものだ。ファミリータイプで広いが、桜河内は寝るときぐらいしか帰らない。

「そいつがこっそり入って、仕掛けてるかもしれない可能性があるだろ。これから、行くか？」

この画像を見ただけでも、生理的に不愉快だった。可能性は低いと思いながらも、確認してもらったほうがいいと考えて、桜河内はうなずいた。

「ああ」

そのときには、観覧車は少しずつ高度を下げているところだった。一周十五分以内で話がまとまったことに充実感を覚えた桜河内だったが、須坂はひどく残念そうにため息をつく。

「あ……。何も味わわないうちに、観覧車終わっちゃった……。もう一周、行かない？」

須坂はすでに買ってあったチケットを、自慢気に見せびらかした。高度がさらに下がり、自動で扉が開くと、降りることなく係員と交渉する。

空いていて列がなかったからか、そのままスムーズに観覧車のドアは閉まり、また高度を上げ始めた。

中のベンチに座りなおした須坂に、桜河内はあきれ顔で言った。

「何で二周目の分まで買ってあるんだ？」

「もしものときのための、準備ってやつ。役に立っただろ」

「……俺には、これに乗る意味がいまだに理解できないんだが」

桜河内は不機嫌顔で窓の外を見下ろす。ようやく一周が終わったというのに、また一周するなんて退屈だ。すると、向かいに座ったばかりの須坂が、笑って隣に移動してきた。

「説明してやるよ。まずは、夜景を眺める」

太腿や肩の一部が触れていた。そのことを意識しながらも、身じろいで座りなおすことはなく、桜河内は言われるがままに夜景を見下ろした。

いつの間にか日はどっぷり沈んで、夜景が眼下に広がっていた。

ここは臨海副都心や豊洲・晴海地区にも近く、近代的なイルミネーションを備えたエリアだ。陸地部分と海との境目が街灯に彩られて、くっきりと浮かびあがっている。

見下ろす夜景は、息を呑むほどに綺麗だった。無数の光の瞬きから、目が離せなくなる。

感嘆とともに、桜河内は言った。

「……宇宙から地球を見ると日本はとても明るいそうだが、それが実感としてわかるな」

「本当だね」

そんなふうに言いながら、須坂が桜河内の肩に手をかけた。

——え？

顔がゆっくりと近づいてくる。何をされるのかわかったような気がしたが、先ほど愛の告白をされるかもしれないという予感が外れただけに、確信が持てない。

だけど、視界を塞ぐように、ますます須坂の顔が近づいてきた。頭が真っ白になったまま凍りついていると、唇が軽く塞がれた。

「……っ」

触れたのはほんの一瞬だ。だけど、背筋が甘く痺れ、息苦しいぐらいに鼓動が跳ね上がる。

動揺を抑えきれずに、桜河内はつぶやいた。

「……何だこれは」

「何って、……キス」

「何故《なぜ》、俺にキスを」

キスというのは、好きな相手に愛情を伝える行為のはずだ。須坂は自分のことが好きなのだろうか。

それを確認したくて凝視すると、須坂は気まずそうに視線をそらせた。

「どうしてかな。わかんね。ただ、何となく」

肩すかしを食らったような気分になって、桜河内はむくれる。

「何となくでキスできるものなのか？」

「まぁね」

何だかひどく落胆した気分になった。

一気に沈んでいく気持ちを立て直すことができず、こんな表情を須坂に知られたくなかったというのに、軽く笑われて肩を引っ張られる。

「何だ？」

思いきり冷ややかな視線を向けてやったというのに、すかさず唇が塞がれた。

――なっ……！

ギョッとする。

またすぐに離れると思ったからじっと動かずに待っていたのに、今度はなかなか唇は離れない。桜河内の唇の柔らかさを味わうように、執拗《しつよう》に唇が合わされてきた。唇が触れあう位置が少しずつ移動していき、そのあげくに下唇を軽く噛まれる。

そんな刺激に目が眩むほどゾクゾクとして、桜河内はぎゅっと目を閉じた。

さらに唇の表面をからかうように軽く舐められた後で、須坂の唇が離れていく。ようやくまともに息ができるようになったが、桜河内は動揺のあまり言葉を発することすらできない。

――なんだこれは。

頭の中が真っ白で、火傷《やけど》しそうなほど耳が熱い。

その後は沈黙が二人を包みこみ、気づけば降り場がすぐそばに迫っていた。

須坂に続いて、桜河内もふらつきながら観覧車から降りる。

地上に降りてからも、何だか頭がボーッとしたままで全身の熱が冷めなかった。

そんな桜河内の態度をどう取ったのか、須坂が尋ねてきた。

「怒ってる？」

「いや」

そうは言ったが、何をどう続けたらいいのかわからない。

遊園地の出口へと向かう間、桜河内とすれ違うのはカップルばかりだった。寄り添って、仲良さそうにしている。彼らが手をつないでいるのを見るたびに、桜河内は須坂と手を握ったことを思い出した。

自分たちはどんなふうに他人から見られているのだろうか。

須坂にどんな態度を取っていいのだろうか。たかだか実験のために身体を合わせただけだし、キスされる意味がわからない。これくらいで相手を意識したくないというのに、自分はいったいどうしてしまったのだろう。

須坂の顔が見られないから困る。

遊園地の出口の回転式バーゲートを通り抜けたところで、須坂が足を止めた。このままでは彼が帰ってしまいそうに思えたので、桜河内はコートのポケットに手を突っこんでぶっきらぼうに尋ねた。

「これから、俺の家で盗聴器を探すか？」

「ああ」

桜河内は須坂を見ないまま、そこに停まっていたタクシーに乗りこんだ。

いつもなら、職場とマンションはこの埋立地をつなぐモノレールで二駅というアクセスだ。

だが、遊園地に寄ったせいもあって、モノレール駅に向かうのも面倒だった。タクシーの中から直帰するとスタッフに連絡しているうちに、桜河内の住む湾岸エリアのタワーマンションの前に到着する。

「持ち家？」

支払いを済ませてタクシーから降りた途端に尋ねられて、桜河内は軽く首を振った。

「官舎だ。ところで、先ほどの遊園地の料金は」

「いい。奢《おご》り」

「だけど」

「俺が強引に付き合わせたんだし」

それもそうだと思いながら、一緒にエレベーターで三十階まで上がる。

窓からの夜景がそれなりに綺麗なところだが、意識して見たことはない。須坂と一緒に乗った観覧車からのほうが、ずっと綺麗に見えていたように感じられる。やはり、あそこは特殊な空間だった。

須坂は部屋に上がるなり、桜河内に何もしゃべるな、といった仕草をした。それから、スマートフォンのカメラ機能を利用して部屋の中をチェックし始める。盗撮器は赤外線を照射する場合があるから、それを携帯のデジカメで拾おうとしているのだろう。

須坂に続いて、桜河内もリビングから寝室へと移動した。今のところ何も問題がないのを見ていると、盗聴器など仕掛けられているはずがないという気がしてくる。

引っ越してからこの部屋に入ったのは、電気やガスの定期点検の業者ぐらいだ。そのときには桜河内が立ち会っていたのだから、妙なものを仕掛ける時間もなかったはずだ。

だが、須坂は寝室内で奇妙な動きを見せた。

何かが引っかかるのか、ベッドのヘッドボードに置いてあったアロマポットに近づき、それを手にして不審そうに眺めている。電源を抜いてからひっくり返し、ジェスチャーで何かを求めてきた。

——ドライバーか……？

そう読み取った桜河内は、別の部屋に置いてあった工具セットを取ってきて須坂に手渡す。ベッドの上でアロマポットを分解した須坂は、その内部に組みこまれていた装置を無言で指し示した。

それは、小さな盗撮器だった。

カメラ機能が内蔵され、画像を無線で外部に飛ばす仕組みのようだ。自分の家に、しかも寝室の枕元に盗撮器が置かれているなんて、考えたこともなかった。

須坂がその装置を外して壊すなり、桜河内は口を開いた。

「これと同じものが、職場にもあったのか？」

「職場のほうは、画像だけで実際に盗聴器までは確認してない。気づいたのは、今日だし。このアロマポットはどこから？」

「最近、寝つきが悪いと言ったら、研究所の第二主任が安眠に効くからと、数日後にこれを手渡してきたんだ。なかなかいい香りだったので、使うことにしたんだが」

「第二主任って、どんなヤツ？」

聞かれて、桜河内はその顔を思い浮かべた。

「……菊池という、バタくさい顔をした気障な男だ。魚類が専門で、日本の人口問題を解決するために、魚類の性転換システムを哺乳類に応用できないか、という研究をしている」

「性転換システム？　そんなのが可能なのか？」

「昆虫や魚類は、驚くべき可能性を秘めた生物と言えるだろうな。幼体から成虫に変わる変態のメカニズムなど、同じ地球上の生物とは思えないほどダイナミックなものだ。魚類もしかり。それらのシステムを解明できたら、哺乳類が性転換する可能性も、全くゼロではない」

「全くゼロではないけど、ゼロに近いってこと？」

首をひねる須坂に、桜河内はうなずいた。

「まぁ、可能性としては低いだろうな。魚類が性転換をするために利用する性ホルモンの存在が突き止められたとしても、同じものが哺乳類に作用するとは考えられない。だが、菊池の研究が政府主導のプロジェクトとして認められたということは、それなりのメドが立っているのか、それとも政治的な駆け引きがうまかっただけか」

「どこまで研究が進んでいるのか、わからないの？」

「各プロジェクトチームは、定められた期限まで報告する義務はないからな」

「そいつがあんたに盗聴器を仕掛けているのは、どうしてだと思う？」

須坂に言われて、桜河内はしばらく考えこんだ。

「研究上、かぶる部分はないはずだ。俺の研究内容を、あいつが知りたがってるとも思えない。関係も良好だ。毎日、俺にコーヒーを差し入れてくれるほどだし」

他人に無関心な態度を貫く桜河内が、世間話をするのも菊池ぐらいのものだ。

考えている間に、アロマポットに内臓されている香りをさんざん嗅《か》ぎまわった須坂が言った。

「本人に知らせずに、人体実験の対象にされている可能性ってあるのかな。このアロマポットの成分について、自分で調べてみた？」

「いや。研究所にガスクロマトグラフがあるから、この後、戻って調べてみる」

「もしかして、……知らない間に、その性ホルモンで女にされてたりして」

軽口のように言われた須坂の言葉に、桜河内はドキリとした。

ある種のホルモンが、人体に強烈に働きかける可能性も、全くないわけではない。

このアロマポットを渡されたのも、毎日コーヒーを渡して無駄話をしてくるのも、菊池に何らかの下心があったからだとしたら。

「……そういえば、……天気の話だけではなく、やたらと体調はどうだ、と話しかけてくるな。風邪を引いたとか、頭が痛いとか言うと、体温計を渡されるし、医師の資格も持っているから診察してやると追われたこともある。一度は血液検査までされそうになった」

——だけど、俺が人体実験に？

そこまでされていると考えるのは、飛躍しすぎている気がした。

実験するなら、ちゃんと所定の手続きを取ったほうがいい。人体実験を行うにはそれなりにややこしい手続きが必要とされるが、認められた手法の上での実験でないと論文に使うこともできない。

だが、次第に桜河内は疑念に取り憑かれていく。

もしかして同性のはずの須坂にドキドキするのは、自分の身体が菊池の人体実験によって女体化したせいではないだろうか。身体が変われば、心も変化する。異性の匂いや身体つきに惹きつけられることもあるだろう。そんなふうに疑いだすと、いてもたってもいられなくなってきた。

「……もしかして、俺は菊池に人体実験されているのか」

呆然とつぶやく。

そうでなければ、同性である須坂にこんなふうにときめく理由がわからない。

「だけど、哺乳類には使えないんだろ？　おまえがさっき言ってた」

「普通なら通用しないはずなんだが、あらゆる可能性を考えてみる必要がある。菊池に何かを仕掛けられているとしたら、あいつが言い逃れできないように、動かぬ証拠をできるだけ集めておく必要があるだろうな。こちらが気づいたことを知られないように、研究所の監視カメラはそのままにしておくか」

「ああ。あんたがそれで構わないなら」

「ただ、研究データの流出は困る。パスワードさえマメに変更しておけば、今後の流出は防げるのか？」

「おそらく。俺は暇だから、菊池ってやつをさらに詳しく調べてみるよ。可能ならば、菊池のパソコンに侵入して、誰と連絡を取っているのか、目的は何なのか、探ってみる」

須坂の言葉に、桜河内はうなずいた。

「ああ。……そうしてもらえると、助かる」

菊池の目的が何なのかわからないうえに、身体まで勝手に変化させられているかもしれないと思っただけで、不愉快でならない。

いつもなら孤軍奮闘するしかないだろうが、須坂が手伝ってくれるのが心強く感じられた。誰かがそばにいてくれることを、こんなふうにありがたく感じたことはなかった。

「で、……おまえはこの後、どうする？」

もう少し、須坂と一緒にいたい。

須坂に対する好奇心がいっぱいに広がっていく。

だいぶ伸びた髪が邪魔をするが、須坂の顔立ちは男らしく整っていた。愛嬌《あいきょう》のある目元に、高い鼻梁。色気のある唇。

それなりに手入れをしたら女も放っておかないだろうに、と思いながら、桜河内は指を伸ばして気になる須坂の前髪をつまみあげた。

須坂は少し驚いたように、眉を上げた。

「髪、……伸びすぎ」

須坂はそれを聞いて、苦笑した。

「ずっと、髪のことなど構ってなかったけど、切ったほうがいいかもな。どんなのがいいと思う？」

甘えるようにささやかれて、桜河内は素っ気なく手を離した。

「知るか。自分で判断しろ」

「髪切りに行きたいんだけど、その後で久しぶりに自分の家に戻っていいかな」

須坂の前に立っていたら、腕を伸ばして腰を抱きこまれる。何でこんなふうにされるのか、桜河内には意味がわからなかった。だが、振り払うことなく、その腕の中で硬直したまま、桜河内は冷静な声を押し出した。

「戻れない。おまえの親に連絡した。政府のプロジェクトに協力してもらっているから、具合によっては、数ヶ月はアパートに戻れなくなる。その間、連絡がつかなくなっても心配することがないように、と。すると、おまえの親はあのアパートの契約を解除すると言ってきた。数ヶ月も戻らないのだったらアパートの家賃ももったいないし、おまえと一度話し合いたいんだと。……だから、あのアパートはすでに解約されていて、おまえの家ではない」

「え？　……何でそんな勝手なことを……っ！」

須坂は呆然とつぶやく。

腕を解こうとしない須坂を、桜河内は見下ろしながら言った。

「……引きこもりを持った親は、大変だな」

「確かに引きこもりだったけど、……出られなかったんじゃなくて、出なかっただけというか。経済的には、ちゃんと自立してたし」

言い訳のようにつぶやく須坂から、目が離せない。

だが、須坂の腕から逃れようとすると、逆に力をこめられた。ぎゅっと引き寄せられて、感極まったかのようにささやかれる。

「困るんだけど」

「……どういうことだ？」

「あんたが、……これだけ可愛いと。……俺の趣味はずっとノーマルで、女の子にしかときめかないはずだったのに」

桜河内はどう応《こた》えていいのかわからなくなる。

確かに、須坂はノーマルだ。身辺調査をしたから、須坂がかつて付き合ってきた女性の名前も数も全てわかっている。

――須坂が俺にときめくのは、……俺の身体が女に近づいているからなのか。

「だとしたら、だいぶマズいな」

思わず、桜河内はつぶやいた。

「え？」

「早急に、菊池の陰謀を暴かなければ」

須坂の身体を力一杯押し返して、その腕から逃れる。触れられた部分から広がった熱が、全身を火照らせていた。

自分の身体に投与されているかもしれない何かを阻止できたら、この感覚は消えるのだろうか。

須坂にもっと抱きしめられたくて、どうしようもないような気持ちも色濃く身体の中に残っていた。

全てを振り切るように、桜河内は須坂にコートを返し、自分用のコートを壁から外しながら伝えた。

「俺は職場に戻って、あのアロマポットの成分を分析する。おまえは？」

「だったら俺も付き合う。だけど、その前にどっかでメシ食わね？」

軽く言われ、また馴れ馴れしく肩を抱き寄せられ、沸きあがる気持ちに桜河内は困惑した。

〔四〕

翌朝。

出勤するなり机の上に乗っていた郵便物をチェックし始めた桜河内に近づいてきたのは、第二プロジェクトチームの主任の菊池だった。

「どうぞ」

いつものように、マグカップに入ったコーヒーを手渡してくれる。

今までは自分がコーヒーを飲むときのほんのついでとしか思っていなかったのだが、この中に何かが混ぜられているのではないかと思うと、口をつけられない。軽くカマをかけたくて、桜河内は言ってみた。

「悪いな。……すまないが、今日は少し胃の調子がおかしいんだ。おまえのがミルク入りだったら、こっちと替えてくれ」

昨日の夜遅く、須坂とこの研究室に戻った後で、桜河内はプレゼントされたアロマポットに仕掛けられていた匂いを分析した。

だが、この国立政策研究所にある最先端のガスクロマトグラフにかけてみたのに、特にあやしい成分は検出されてはいない。

アロマポットでないのだとしたら、毎日、菊池が桜河内に差し出すコーヒーがあやしい。

そう思って言ってみたのだが、菊池は渋ることなくあっさりうなずいた。

「ああ。これ、カフェラテだが、いいのか？」

「ああ」

うなずいて、桜河内はコーヒーを受け取った。いつも菊池が飲んでいるのは、ブラックではないことを知っていた。

こちらに薬物が混入している可能性は少ないだろう。

そう思いながらも口はつけられず、桜河内はいつもの通り仕事を進める。

出勤してきたスタッフにいろいろ指示を行い、一段落ついたところで研究室を見回すと、広い室内はガラガラだった。十二時半をすぎていたから、実験室に詰めていない人間は昼食に出かけたのかもしれない。

桜河内は隣の机の島をそっと盗み見る。菊池は不在で、だいぶ外れたところにスタッフが一人いるだけだった。

菊池の机の上に、朝のコーヒーのマグカップが置かれているのを確認するなり、桜河内は立ち上がって通りすがりにそれを手にした。まるっきり飲んでいなかったのか、ずしりと重い。

それが何らかの薬物の混入を示唆しているように思えて、桜河内はマグカップを持ったまま、ガスクロマトグラフのある部屋へと向かった。

昨晩は無人だったが、今日は担当の職員がいた。

桜河内はこのコーヒーの成分を、詳しく分析して欲しいと依頼する。終了したら、タブレットに知らせてもらうように頼んで、食堂に向かった。

昼食を取っている間に結果が出たというので、またそこに引き返して分析した結果が記された用紙を受け取り、須坂のいる部屋に向かった。

須坂の居室は、ある意味で一番菊池の監視の目から逃れやすい。

桜河内の研究室の机には菊池が仕掛けた盗聴器がいまだに三台仕掛けられたままだし、実験室にもスタッフの目がある。パスワードが漏れていたのを考えれば、スタッフの中に菊池と通じている相手がいないとも限らない。

須坂の居室は二十四時間、監視カメラでチェックされていたが、本人からプライバシー保護の申し立てがあれば、それらを切ることが可能だった。

部屋に入る前に、桜河内は監視装置を全て切断しておく。これを見られるようにするには、主任である桜河内のIDとパスワードで認証しなおさなければならない。

桜河内は自分の部屋に戻ったような態度でまっすぐいつもの椅子に向かい、須坂を無視して手にした書類をじっくり眺めた。

須坂は突然姿を現した桜河内に驚いたのか、むくりと身体を起こした。ベッドから降りて、桜河内の肩越しに書類をのぞきこんでくる。

「何これ？　俺に関連する何か？」

「いや。……菊池が、俺に毎日飲ませていたコーヒーの、分析結果だ。何やら得体の知れない成分が、ほんの微量だけ混入されているようだな」

ほんの微量だということもあるし、揮発してしまったものも多いらしく、その物質が何なのか桜河内にもよくわからない。

明日は新鮮なものを分析してもらおうと思っていると、桜河内の背後から離れた須坂がベッドに座りなおした。

——あれ？

その姿に何か違和感を覚えて、桜河内は視線を戻す。

「……髪」

気づいて、ふと声を上げた。

須坂の伸び放題だった髪が、いい感じに整っている。涼しげな目鼻立ちと、露出された顎のラインが男っぽく、ハンサム度が上がったようだった。

「どうしたんだ？」

昨日、髪を切りたいと言っていたものの、食事をしたら互いにそのことを忘れて戻ってきたはずだ。

「切ってもらったんだよ。ここの警備に、女性が一人だけいるの知ってる？」

「いや」

「元美容師だって言ってたぜ。髪切りたいんでハサミ貸してって言ったら、代わりに切ってやるって」

前髪を指先で引っ張りながら照れたように言う須坂の姿を見ているだけで、桜河内は訳もなくイライラしてきた。

——どんな人だ？

まだ若いのだろうか。引きこもりのくせに、須坂が対女性のスキルが高いのが気になる。髪を切って男前になった須坂を外には出せない気分になってきた。

「俺は、前のほうが好きだ。どうせ引きこもりなんだから、それらしくしとけ」

あまりにも冷ややかに響いた桜河内の声に反発でも覚えたのか、須坂は眉を上げた。

「俺はずっとここに引きこもっていたけど、遊んでたわけじゃないぜ。昨日から、徹夜で菊池のパソコンに侵入を図った。ま、昼夜逆転してるだけだけどな。そしたら、それらしきものが見つかった。……たぶんだけど、この被験者Aっていうのが、あんただと思うんだ。専門用語はわからなかったんで、だいたい読み取った感じなんだけど、あんたの机に盗聴カメラを仕掛けて、股間や胸元、うなじのあたりを眺めていたのは、性的な執着があったわけではなく、投与した物質が、どれだけの効果を見せたかという観察のためらしい」

須坂からそのデータをタブレットに転送してもらって、桜河内は視線を落とした。

それによると、すでに菊池はマウスでの性転換実験に成功し、ブタやサルでの実験を開始していた。人体実験に関する許可は安全性を確保した上で、被験者による自発的同意や、適切な医学的管理が必要となるのだが、それら全てをすっ飛ばして、菊池は『被験者A』での実験を開始している。

コーヒーに混入、とあるから、おそらくこの『被験者A』は自分だろう。監視カメラでの目視による観察記録までつけてあった。

――今、すぐにでも訴えてやろうか……！

自分がその対象にされたことで、桜河内はふつふつと怒りがこみあげてくるのを感じる。

だが、菊池がこれほどまでに人体実験を急ぐ理由が気になった。その理由がわかるような資料はないのかとタブレットで書類をめくっていったとき、ふとある書類に気づいた。

「これは……」

「それ、特にセキュリティの厳しいところに隠されてた書類なんだよね。読めなかったんだけど」

須坂の話を聞きながら、ドイツ語で書かれたその書類を読んでいった桜河内は、低くうめいた。自分の頭を整理するためにも、言葉にして説明してみる。

「菊池の目的は、魚類から見つけ出した性転換物質を利用して、人類でも性別の変更が可能になる社会だとここに書いてある。菊池が見つけたのは、オスがメスになる物質だそうだ。これを日本中にまき散らしたら、日本人の男はことごとく女となり、百年も経たないうちに民族としては滅びると」

「すでに少子高齢化によって、かなりの危機に突入してるけどね」

「菊池と深い関係があるのは、ヨーロッパの秘密結社だな。ヨーロッパ至上主義という理念を掲げている団体だ。最近では東アジア諸国やインド、ラテンアメリカの経済発展が著しく、ヨーロッパ中心の経済が破綻《はたん》しかけている。だからこそ、そのような団体が支持されて力を持つのかもしれない。少子高齢化社会という危機を迎えている日本に、さらに追い打ちをかけようと、以前から菊池に研究資金を援助してきた」

「マジ？」

戸惑ったように、須坂は身じろぎした。

いきなりの飛躍に、頭がついていかないらしい。

「ああ。おそらく、互いに裏切ることがないように、契約書を交わしたんだろう。それを誰にも見つからないようにここに隠したというのに、おまえに見つかるとは皮肉だな。そういえばそんな団体が存在すると聞いたことがある。その暗躍を具体的に耳にしたことはなかったが」

「けど、……菊池はどうして、そんなやつらの仲間に？　菊池は日本人だろ？」

須坂は納得できないでいるらしい。

だが、研究者の中には理念よりも、自分の好きな研究さえできればいいというタイプがいることを、桜河内は知っていた。

「研究者は金がなければ、何もできないからな。今回、菊池は政府の政策プロジェクトに食いこむことができて金に困ることはなくなったが、それ以前はその秘密結社にすがらなければどうにもならなかったのかもしれない。一度、そのような団体とパイプができてしまうと、関係を絶つのは難しい」

そのあたりは推測するしかないが、桜河内にはそれよりも気になることがあった。

「……にしても、どうして実験体が俺なんだ？　席が近くて、コーヒーが差し入れしやすかったってだけか？　いや、それだったら、自分のチームのスタッフを使った方が……」

納得できずにつぶやいていると、須坂が言った。

「あんたに、横恋慕」

「……え？」

「いち早く、あんたを女にしたかった。それが目的」

「どういう意味なのか、わからないが」

桜河内はからかわれているような気がして、須坂のほうに向き直った。

菊池が自分に邪心を抱いているなんて、感じたことがない。邪心を抱いていたとしても、どうして女にしなければならないのだろうか。

「俺にはわかる気がするぜ。つまりさ、菊池の性癖は、ノーマルなんだろ。だからこそ、同性であるあんたに惹かれたとき、相手が女性だったらいいのに、と強く願わずにはいられなかった。そんな思いで、菊池は研究に没頭した。研究は着々と進んではいたが、それでも菊池は一日でも早く女性になったあんたとラブラブな生活を送りたいという思いを殺しきれず、安全性が確保できるなり、性急な人体実験に踏み切ったんだ」

「勝手な推論だな。それに関する菊池の日記でもあったというのか」

「ないけど。まぁ、気持ちはわからないまでもない」

意味ありげに言われて、桜河内は問いたださずにはいられない。

「どういうことだ」

「さして他意はないけど。容姿的に、薄気味悪いことにならないといっただけの意味」

そんなふうに言われたが、どこか本心ではないように感じられた。須坂の本心が見えないまま、コーヒーの分析書類に視線を落とした桜河内は、あらためてゾッとせずにはいられない。

——つまり、俺は着々と女体化してるってことか。

そんなふうに自覚した途端、急に胸が張ったような気がしてくる。特に乳首のあたりがムズムズしてきて、桜河内は軽く胸元を手でなぞった。

やはりかすかに乳房が膨らんでいるような気がしてならない。

「……不摂生のせいかと思っていたが、最近、何となく胸元の肉づきが良くなっているような気がするんだ」

桜河内はちゃんと確かめずにはいられなくなって白衣の前を開き、ネクタイを引き抜いてワイシャツのボタンを外していく。

それから、その下に着こんでいたアンダーシャツを指先でめくりあげた。

上から自分で見下ろしただけでは判断がつきにくかったが、何となく胸元が膨らんでいるような気がしなくもない。

「どう思う？」

須坂のほうを向くと、ビックリするほど真剣な目で胸元を凝視しているのに気づく。その眼差しに、自分が取り返しのつかない状態になっているような不安が掻き立てられて、桜河内はその前に回りこんだ。

「どうだ？　女にさせられているような形跡があるか？」

須坂はドギマギしたかのように顔を上げた。身体を重ねたことはあるが、前回はゴーグル越しだったから桜河内の身体をまともに見ていないのかもしれない。

須坂は緊張した面持ちで、桜河内のアンダーシャツに手を伸ばしてきた。

「見ただけでは、……よくわからないから、確かめさせて」

須坂の大きな手でそっと胸元を包みこまれただけで、鼓動が跳ね上がった。触れられていると脈動すら感じられそうな気がして、どうにかその反応を落ち着かせようとしているのに、さらに手を動かされて息が詰まる。

やけに須坂が真剣な顔をしているのが、心配でならない。

「どう……だ？」

須坂は答えずに、ゆっくりと指を動かして、胸のあたりの筋肉を撫で回してくる。てのひらと乳首が擦れるたびに、ゾクゾクする。桜河内はそこから意識をそらそうとした。だが、きゅっと胸を揉みあげるように指に力をこめられると、ビクンと大きく震えずにはいられない。

「確かに、……少し胸があるようだな。女性で言ったらＡＡぐらいの、すごくささやかなもんだけど。いつから、こんな？」

「ワイシャツを着るときに、胸元のボタンがきつくなったような気がしたのは、半月前だな」

それに、乳首も過敏になっているような気がする。だけど、そのことは恥ずかしくて口に出せない。今も軽く触れられているだけなのに、乳首がキュンとしこっている。そのことについて須坂が言及せずにいてくれるのが、ありがたかった。

「前は、もっと引き締まっていたような気がする」

「そうなんだ？　だけど、美乳だな。乳首がちっちゃくってピンク」

須坂がそう言って、胸元の弾力を味わおうと指を動かすたびに、桜河内はゾクゾクする。妙な声を出さないでいるだけで、精一杯だった。

「も、……いいだろ」

「……だけど、……こんなに乳首、尖ってる」

言いながら、須坂は指先で乳首をつまみあげた。

「……っ」

ただ手に乳首がこすれるだけでもゾクゾクしてたまらなかったのに、意図的にそんなふうに触れられてはどうしようもない。

途端に身体の芯まで流れこんだ濃厚な快感に、桜河内は息を呑んだ。

須坂はつまんでいた乳首を離し、親指の腹で円を描くように押しつぶす。

「っう」

つぶされたというのに、須坂が様子をうかがうように指を外すと、ますます尖りきった乳首が現れた。すぐにまたそれに手を被せて、胸元を柔らかく揉みこまれると、たまらなく感じる。

「……やっぱ、……少し柔らかくなっているみたいだな。おまえのおっぱい、ずっと弄っていたくなるほど気持ちがいい」

たぷたぷともてあそばれるたびに、じわりと快感が押し寄せてくる。

早く須坂の指をそこから引きはがしたいのに、それができない。もっと弄って欲しいような、すぐにでも止めて欲しいような快感に翻弄《ほんろう》される。

目も潤んでいるのか、須坂の姿がじわりと滲んだ。

「乳首も可愛い」

そんなふうに言いながら手の位置をずらされ、その中心で痛いほどしこっている乳首を、再び親指でぐりっと押されて、甘い声が漏れた。

「ぁ……、やめろ……っ」

慣れない快感をもっと貪欲《どんよく》に味わいたいような気持ちが桜河内のどこかにある。だけど、これ以上されたら自分が自分でなくなってしまいそうだった。

だが、その声に刺激されたかのように、須坂が胸元に顔を寄せ、左の乳首にちゅうっと吸いついた。

「っ、……っぁ、……っぁ、あ……っ」

指とは全く違う刺激に、ビクンと身体が反り返った。乳首を吸われるたびに湧きおこる、何かを吸い取られるような奇妙な快感を受け止めるだけで精一杯だ。

須坂は乳首を吸うだけではなく、その合間に舌先で抉るような柔らかな刺激を送りこんでいた。そうされるたびに乳首は硬くなり、敏感さを増していく。すぐに止むと思ったのに、須坂は取り憑かれたかのように乳首を吸うのを止めない。

「…っも、……離せ……っ」

桜河内は両手を須坂の頭に回し、強引に引き剝がそうとした。

だが、腕に力をこめようとするたびに、乳首を吸いあげられる。押しつけられた舌が蠢くたびに、腰砕けになりそうな甘い刺激が送りこまれた。あまりの疼きを断ち切りたくて、桜河内は身体に力をこめる。

「っや……っ」

必死でもがいても、それを拒むように乳首を強く吸われるばかりだ。感じすぎて全身から力が抜け、気づけば須坂の頭を全身で抱えこむような格好になっていた。須坂の髪の上に顔を乗せ、切れ切れにあえぐことしかできないほど、乳首への快感で全てが埋めつくされていく。

「ッン、……っぁ、あ、あ……っ」

乳首は硬く尖り、須坂の舌の動きが頭の中で思い描けるほど敏感になっていた。ざらつく舌を擦りつけられ、さらにはもう片方の乳首も須坂の指につまみ出されて、きゅっと引っ張られた。

「っぁ……っ」

そんなふうにされても、桜河内はそれを受け止めるだけで精一杯だ。

「ッン、……ッン、ん……っ」

須坂の髪の匂いを嗅ぎながら、あえぐことしかできない。

嬲られているのは乳首だけだというのに、そこから下肢まで直結しているように、性器が甘く疼きだす。そこが硬く形を変えて、下着を押し上げているのが自分でもわかった。

乳首だけでこんなふうになるなんて、自分はいったいどうなってしまったのだろうか。ここまで胸で感じるのは、菊池に妙なことをされたせいなのだろうか。

そのとき、硬く張りつめた乳首に軽く歯を立てられ、ビクンと大きく身体が跳ね上がった。

「っん、……く……っ！」

少しだけ正気に戻り、どうにか須坂の頭を押しのけて立ち上がろうとした。だが、そんな桜河内を逃すまいとするかのように腰に回した腕に力をこめた須坂が、熱っぽい目をしてささやいてくる。

「いいこと、……考えついた。菊池がおまえに横恋慕しているのが全ての元凶だとしたら、……俺としているのを、あいつに見せつけてやろうぜ。そうしたら、あいつは動くかもしれない。諦めるまでのことはなくとも、自棄《やけ》になって自滅するような行動を取るかも」

桜河内は甘く溶けた頭の中で、どうにか須坂の言葉の意味を読み取った。だが、見せつけるなんて冗談ではない。

「……おまえがしているのを、……知られたぐらいで、……何かが、……起きると、……言う……のか。……おまえは単なる実験体だ。それを見られたって、……どうってことはない……」

――そう、須坂は実験体。

桜河内はあらためて自分にそう言い聞かせた。

なのに、自分は過剰に入れこんでしまっている。頭を初期状態にリセットしたくて、桜河内は軽く首を振った。

だが、須坂は苦笑して、ばっさりと言い切った。

「実験体と、研究者がやるかよ」

その言葉に、桜河内は頭を殴られたような気分になった。

――やらないのか？

動揺が広がったが、確かにその通りかもしれない。

須坂が単なる実験体という位置づけでしかなかったら、自分はいくら実験であったとしても途中で拒んだだろう。

そうできなかったのは、あの時点ですでに桜河内の中で須坂が特別だったからだろうか。

須坂の唾液が残った乳首が外気に冷やされていくのを感じながら、桜河内はかすかにうつむいた。

「……でも、……どうやって見せつけるつもりなんだ？　ここでしていることは、外には漏れない仕組みなんだが」

入る前に、この部屋の監視カメラは切ってある。だが、須坂はテーブルの上に置いた私物のパソコンを指し示した。

「俺のパソコンに、カメラが内蔵されている。ここのネットワークに接続しっぱなしだから、侵入できるはずだ。菊池に俺のパソコンの中に置いといた偽データを盗ませて攪乱《かくらん》させてやろうと、わざと追跡できるプログラムで罠《わな》を仕掛けておいたんだけど、……それが応用できる」

須坂はそんなことを言いながら、ノートパソコンを引き寄せてキーボードを打ち始めた。菊池にこの部屋でのことを見せつけるために、最終の仕上げを行っているらしい。

その作業が終わるのを待ちながら、桜河内は自分の身体が芯のほうから熱くなっていくのを感じていた。

――須坂と、……またするのか……？

もともと自慰すらしたことがなかったほど、性への関心が薄かった桜河内だ。誰かとセックスしたいなんていう欲望を覚えることなどないはずだったが、相手が須坂だと考えただけで、何かが違ってくる。

待っているのがいたたまれなくて、桜河内は言った。

「じゃあ、……おまえがそれを準備している間に、俺はゴーグルを取ってくる。前回から、……いろいろ改善したんだ。している最中にゴーグルがずれるなんてことがないように、ちゃんと調整した」

シャツの前をかき合わせて立ち上がろうとすると、パソコンを置いた須坂に手首をつかまれた。

「いい」

「え？」

何かを強く訴えるような須坂の目と、視線がからんだ。

「ゴーグルはなくていい。このままで」

その言葉と眼差しに、身体がぞくりと痺れた。

それがどういう意味なのか把握できずに、桜河内は戸惑って須坂を見つめ返した。

「ゴーグルがなかったら、おまえは『彼女』を抱いているのだと脳を錯覚させることができず、……男の身体の俺と、……することになるんだが」

前回のときは、実際の相手は桜河内でも、須坂は彼女を抱いている感覚だったはずだ。ゴーグルなしでしようなんて、正気の沙汰とは思えない。

男の身体のままの、桜河内を抱けるというのだろうか。

そこまで考えてみて、桜河内はあり得なさに苦笑した。片手で顔を覆ってつぶやく。

「いっそ下肢も、菊池の人体実験によって女体化してればよかったんだが、あいにく、まだそこまで変化してないようだな」

まだ胸が心なしか、膨らんだだけだ。

そのとき、須坂が思い詰めた声で言った。

「……いい。今のままで。男のままのおまえがいいんだ」

そんな言葉とともに、桜河内は須坂に肩をつかまれた。そのままベッドに引きこまれ、押し倒される。重なってくる身体の重みに、心臓が壊れそうに鳴り響いた。

――何て、……言った？

須坂の言葉の意味を受け止めきれずにいると、視界を埋めつくすほど須坂の顔が近づいてきた。息が詰まるような緊張に耐えきれず、桜河内はぎゅっと目を閉じる。

それを待っていたかのように、須坂の唇が重なってきた。焦って呼吸しようとしたときに、唇を割って須坂の舌が入りこんでくる。

唇が触れあうたびに、背筋が痺れるような甘ったるい感覚が広がっていく。

頭を抱えこまれ、からみあう舌全体から伝わってくる慣れない感覚を、桜河内は受け止めるだけで精一杯になっていた。

「っ……っ」

口腔《こうこう》内にある他人の舌は、ひどく違和感があった。須坂の舌はひどく熱く、それに触れた全てが舐め溶かされてしまいそうだった。そんな中で、やたらと鳴り響く心臓を持てあます。

全身にみっしりとかかる須坂の重みでベッドに縫いとめられて、起き上がることもできない。乳首が須坂の身体と擦れあうだけで、ゾクゾクした。

「今、しても、……タイミングよく、……引っかかると思うか？」

桜河内はキスの合間に、切れ切れに尋ねる。

今はまだ勤務中だ。

夜間ならともかく、このタイミングで菊池が須坂のパソコンに違法な潜入を試みるとは思えない。須坂が自分とするのに、無理に理由をつけているとしか思えなかった。

そのセリフに、須坂が笑った。

「おそらく、……菊池が知ったら落ち着かなくなるほどの、……ハッキングの痕跡を残してある。……気になって追わずにはいられない……ほどの。追ったら、……このパソコンに辿り着く」

——よく、……わからないけど。

桜河内は、瞳の端でパソコンを確認した。内臓カメラは、こちらを向いているようだ。このまま須坂に任せておいたら、大丈夫なのだろうか。

セックスを拒みたい気持ちはある。まだ勤務中だし、ゴーグルの実験でもないのだから、生身で須坂を受け入れる理由がない。

だが、顔中、いたるところに愛しげな口づけを落とされていると、全身がざわざわして力が抜けていく。

頬や瞼《まぶた》や、鼻のあたりにまで触れてくる柔らかな唇の感触に、いつもとは違う感覚を掻き立てられた。口づけは次第に首筋に移動し、全身の皮膚の感覚の違いを意識する。

ワイシャツをまた大きく左右に開かれ、手で胸元を柔らかく包みこまれた。

乳首を下から押しつぶすように親指を動かされると、息を呑むような快感が下肢にまで伝い落ちていく。

この快感は、女性が受け止める快感に近いのだろうか。桜河内の身体が少し変化したせいで、ここまで感じるのだろうか。

——だけど、……俺は。

変化した胸を愛撫されるたびに、桜河内は違和感を覚えずにはいられない。

須坂がずっと執着しているのは、セクハラで退職するときに好きだった彼女だ。須坂の好むアダルト映像から割り出した、抜くときに好むタイプそのものだ。そんな須坂の好みのタイプと、桜河内はかけ離れている。

——だって、乳房の大きさだって、まるで足りない……。

須坂が好んで視聴していたのは、平均Dカップぐらいの美乳の女性の映像だ。菊池に薬物を投与されたせいで、桜河内の胸元は心持ち肉づきが良くなってはいたが、それでも気のせいといえばそれで終わるぐらいのささやかなものでしかない。

——こんな胸じゃ、物足りないはず。

そう思うのに、胸元に顔を埋め、温かくぬめる舌先で乳首をねっとりと舐めずってくる須坂の動きは細やかだ。乳首を巧みに吸いたてられると、何も考えられなくなるほど、桜河内の身体はその下でくねってしまう。

「っぁ……っ」

「もっと、……声出して」

声を殺そうと努力しているのに、そんなふうに言われた直後に、甘く歯を立てられた。敏感な粒に加えられる刺激に、桜河内は抵抗する術《すべ》を持たない。

「は、……ッン、……っ、ぁあ……っ」

あえぎながら見上げた目に飛びこんでくる須坂の表情は、アダルト映像を前に発情していたときと同じものだった。

熱っぽく相手を凝視し、自らも快感を追おうとしている。

そんな須坂の表情に煽られて、桜河内の身体も熱くなっていく。

乳首を舐めずられるだけで、自分がここまで余裕を失うなんて思ってもいなかった。舌の動きに合わせて乳首から下肢へと流れこむ快感に息を呑むこと以外、何もできない。

甘噛みした後にさらに強く吸いあげられ、チリッとした痛みに甘さが混じった。桜河内にとっては全てが慣れない感覚ばかりで、息だけが上がっていく。

「く、ぁあ……っ！」

今までになく強めに乳首を噛まれ、思わず身体に力が入ると、それを和らげようとするかのように、乳首をちろちろと舐められた。噛まれる刺激にもようやく慣れてきたころに反対側の乳首に顔を移され、そちら側も嫌というほど舐めずられるのと同時に、唾液で濡れて尖りきった乳首も指先で転がされて、変化していく感覚に翻弄されることになる。

「……は、……っぁ、あ……」

両方の乳首に、しつこいぐらいに送りこまれる快感に、桜河内は首を振った。

――何で、……そこばかり……っ。

だが、唾液にしっとりと濡れた乳首を捕らえられ、硬い指先でしごくように引っ張られると、もはや桜河内は頭を真っ白にしてあえぐばかりだ。

自分が快感にことさら弱いなんて自覚はなかった。こんなものとは、無縁でいたのだ。自分の身体が繊細な刺激の全てを、ここまで淫らな快感へと変化させていく能力に驚きさえ感じながら、どうにか唇を噛んで声を殺そうとした。

だが、そのたびに乳首を引っ張られ、ずきんと身体の芯まで響くほどの悦楽に唇が解ける。

睫が涙で濡れて、全身が火照ってきた。

紅潮した桜河内の顔をのぞきこんでから、須坂は乳首をきついぐらいに吸いあげ、また顔をのぞきこんだ。

「っぁ……っ」

「あんたの、こんなときの声、……普段とは別人のように、色っぽくて可愛い」

何か言い返してやろうとしたのに、唇から出したばかりの唾液にまみれた乳首に唇を寄せられ、ちゅ、ちゅっとまた小刻みに吸われるから、まともに考えられない。さらに反対側で硬く尖っている乳首を指先で転がされると、どうしようもなく力が抜けた。

「っぁ、……っん、……だ、……っも……っ」

これ以上感じたくない。

だが、桜河内の乳首は刺激を受けるたびに、より敏感に張りつめていく。

「――あ！」

きつく噛まれて、のけぞるほどの痛みが走る。だが、それは我慢できないほどのものではなく、むしろ桜河内の身体の奥にあった悦楽を呼び起こす。

痛みを与えたのを詫びるように、嚙んだ後にはあえぎが止まらなくなるぐらい、舐めずられた。息が苦しくなるぐらいに乳首を甘ったるく舌先で転がされていると、次にくる痛みを待ちわびてしまう。

「っぁ！」

新たに嚙まれて、ビクンと全身が硬直した。

張りつめた乳首を、さらに熱くぬめる舌に嬲られ、快感に頭が真っ白に染まった。

「は……っ」

唇の粘膜に熱くかかる吐息に、桜河内は軽く首を振る。

いつでも正気を保っておきたいのに、須坂が与えてくる刺激はそれを許さないほど淫らだ。

乳首に吸いついたまま、須坂の手が桜河内の脇腹をなぞって下肢へと伝い落ちていった。

「綺麗な……身体だな。……あんたの身体、どこもかしこもエロい」

そんなささやきとともにベルトのバックルを外され、スラックスのジッパーを下ろされる。他人に服を脱がされることに、抵抗がないわけではない。

何より恥ずかしいのは、下着に包みこまれた下肢がガチガチにしこっていることだ。早くそこに触れて欲しいという切実な要望はあったが、これまで以上の快楽を与えられるのは何だか怖い。

しかし、抵抗もできないぐらいスムーズに須坂にスラックスを脱がされ、下着をつけたまま足をぐっと担ぎ上げられて身体を二つ折りにされた。

その格好の恥ずかしさを受け止められずにいるうちに頭が入る分だけ足を開かされ、膝を胸に押しつけられる。その内腿に、須坂の唇が這った。

「ツン」

内腿などさして感じる場所ではないはずなのに、こんなときだけは別だ。足の付け根のほうに舌が移動していくだけで、じりじりと身体が灼ける。下着に隠された部分がどれだけ形を変えているのか、恥ずかしいほど意識できた。

次第にペニスを刺激されることしか考えられなくなっていると、桜河内を焦らすように何度か足の付け根まで舌を往復させられたあげく、軽く下着の上から顔面を押しつけられた。

「っ！　……っぁ、あ……っ！」

ペニスに須坂の鼻梁が触れたような感触が走り、待ちわびていた快感の鋭さと恥ずかしさに大きく身体が揺れる。刺激の強さに腰を引こうとしたが、しっかりと抱えこまれていて果たせない。

また下着に顔を押しつけられ、布越しにペニスを刺激された。顔面をそんなところに擦りつけられるなんて考えられず、どうしても腰が引けてしまう。なのに、桜河内のペニスはその下で物欲しげに硬く勃ちあがっていた。

「やぁ……っ」

性器を刺激されただけで、たまらなく感じてしまう自分を持てあまして、桜河内は大きく首を振る。焦れったくてならない。どうして下着を脱がせないんだと感じた次の瞬間、桜河内の股間から顔を上げて、須坂が小さくつぶやいた。

「俺、男は恋愛対象外――」

――何だと……？

聞こえた言葉に、心臓を鷲づかみにされたような気分になる。その真意を問いただそうと身じろいだとき、ピピピピ、といきなり聞き覚えのない警告音が鳴り響いた。

あわてて須坂が桜河内の足を離して、パソコンのあるテーブルのほうに移動していく。

須坂が言いかけていた言葉を最後まで聞くことはできなかったが、途中までで桜河内には十分だった。

——男は、恋愛対象外……。

その言葉が、ガンガンと頭の中で反響していた。

だから、この続きは無理だと訴えたかったのだろうか。下着を脱がせることができなかったのは、そのせいか。火照っていた桜河内の全身から、血の気が引いていく。

パソコンのほうにすっ飛んでいった須坂が、何か確証を得たように叫んだ。

「ハッキングだ……っ！」

呆然としている桜河内とは対照的に、須坂は猛然とキーボードを操作している。

自分のほうに背を向けている須坂の、引き締まった身体がいつになく淫らに目に灼きついた。だが、桜河内はそれを見ないですむように、片手で目元を覆った。

——何せ、男は恋愛対象外。

こんなふうに現実を突きつけられるとは、思わなかった。

最近は何かと性の壁は取り払われているらしいが、それでも本能には逆らえないこともある。

桜河内はだるくて重い身体を起こし、疼く身体をしずめるために、大きく深呼吸を繰り返した。

だが、やたらと胸が痛くて、自分自身の身体を抱くように腹部に腕を回さずにはいられない。

「どう……なった？」

できるだけ冷静な声を、須坂に向けて放つ。

まだ夢中になってキーボードを操作している須坂から、一呼吸後に返事があった。

「誰かが、俺のパソコンに侵入した。――それを追っている」

罠を仕掛けた通りに、菊池が引っかかったのだろうか。

だが、二分も経たないうちに須坂はため息をついて、ノートパソコンを横に置いた。

「ダメだ。逃げられた」

「ここでしてるのを、……見せつけてやったのか」

「おそらく。ほんの三十秒ぐらいだけど」

「犯人が、菊池だという確信は」

「偽装してたから確実じゃないけど、こんなタイミングで侵入してくるのはそいつとしか考えられない」

その言葉に、桜河内は詰めていた息を吐き出した。

これ以上須坂と同じ部屋にいたくなくて、服をかき集めてそそくさと立ち上がる。

「だとしたら、今すぐ研究所に行って菊池の様子を探ったら、何かしっぽを出すかもしれないな」

須坂と顔を合わせているだけでも辛い。男は恋愛対象外だなんて言われた後で、どんな態度を取っていいのかわからない。

可能なかぎり早く衣服を整えた後で、人前に出られるような格好になっているのか確認したくて、部屋の鏡をのぞきこむ。そこには目を潤ませ、頰を紅潮させた姿があった。

――さすがにこれでは、いかにも運動後という様子だな……。

顔を洗って、少し頰の火照りを抑えてからのほうがいいかもしれない。それとも、他人は桜河内の姿をそこまで気にしていないだろうか。桜河内はほとんど他人と視線を合わせることなく仕事しているが、他人もそんな感じだろうか。

——ま、気にせず行くか。

そう思ってドアに向かおうとすると、須坂が焦ったように声をかけてきた。

「待てよ。まさか、……戻る気？」

桜河内は足を止めて、冷ややかな顔を向けた。

「まさかもなにも、そうしないでどうするつもりなんだ？　そもそも、これは菊池を罠にはめるために始めたものだろう？」

須坂はそう言っていた。

桜河内は自分の中で、須坂に対する未練を振り払おうとする。

「だけど、菊池と一人で対決するのは……」

「大丈夫だ。おまえは引き続き、パソコンで菊池を追跡しろ。何かあったら、俺のタブレットに連絡してくれ」

「あんたに直接連絡する方法は——」

「おまえに、ここのタブレットを渡すように言っておく。それを使えば、俺とすぐに連絡が取れる」

忘れないように、桜河内は壁のインターホンを使って警備に伝えた。

それだけ済ませると、さっさと部屋を出る。須坂への思いに火照ったままの頭と身体を冷やしたかった。

何だか衝撃が胸の奥に残っていて、足もとがふわふわしているような感覚がある。思いきり叫びたいような、このまま何でもなく機械的に仕事を続けられるような奇妙な感覚だ。

途中にある洗面所でざぶざぶと顔を洗い、少し気分転換をしてから、桜河内は早足で研究室へと戻った。

菊池はそこにいるだろうか。

プロジェクトチームはそれぞれに実験室を持ち、そちらに詰めていることも多い。

研究室にはやはり菊池の姿はなかったので、そのチームのスタッフの机に歩み寄って尋ねてみた。

「菊池はどこだ」

いきなり声をかけられたのに驚いたのか、スタッフは桜河内の姿を認めて緊張したようにゴクリと息を呑んだ。

「え。……ああ、菊池主任はここにいなかったら、実験室かもしれません」

この研究所には地下一階に十八の実験室があり、菊池のチームは第二実験室を使っている。

「第二だな」

言い捨ててそちらに向かおうとすると、引き止められた。

「あ。第二にいなかったら、第二培養室かもしれません」

「第二培養室？　そんなところ、使っていたのか？」

「研究推進戦略センターに特別に申請して、使用許諾を受けています。主任は最近、そちらにこもりきりで、特別な研究を行っていることが多いみたいです。特殊な海の生き物を育てているようですが、俺たちはその部屋の立ち入りを許されていませんので、行っても入れてくれるかどうか」

「入れなかったら、蹴破るまでだ」

物騒な言葉を言い残し、桜河内はまずは第二実験室へと向かう。そこでは、ブタやサルでの実験が行われているらしく、姿は見えなかったが、鳴き声や生き物を育てているらしい匂いがした。世話をしているスタッフを呼んで尋ねてみたが、やはりそこに菊池本人はいないそうだ。

桜河内は続けて、第二培養室へと向かった。

菊池のスタッフには『蹴破る』などと言ったが、実際のドアは鋼鉄製の横スライドだから、生身では到底蹴破ることはかなわない。

桜河内はそこのドアが自分のＩＤでは開かないのを確認してから、インターホンを通じて中に話しかけた。

「桜河内だ。おまえに話がある」

すぐに返事はなかったが、出るまでは止めないとばかりにインターホンを連打していると、いきなりドアが開いた。

長身に白衣をまとった姿で現れたのは、菊池本人だ。

普段は愛想のいい男だというのに、今の菊池に笑顔はない。のっぺりした表情が際だった。そこそこ顔立ちは整っているはずなのに、そんなふうにされると不気味さすら漂う。

「何の用だ？」

身だしなみには気を使う男だというのに、掻きむしった後のように髪がボサボサだった。

そんな菊池に恨めしげににらみつけられているのを感じながら、桜河内はドアとの境目に一歩踏みこんだ。

内部は二重のパーティションで仕切られていて、ここからでは何を培養しているのかうかがい知ることはできない。

どんな理由をつけたら室内に入れてもらえるのか一瞬考えたが、桜河内は策を弄さずにストレートに交渉することにした。

「俺に仕掛けた奇妙な実験の件だ。おまえには被験者に対する説明責任が、義務付けられているんじゃないのか」

こんな言い方で、自分に対する人体実験のことはお見通しだと伝えてみる。

だが、菊池が何も言わず、蠟《ろう》人形のように立ちつくしているのを見て、桜河内はさらに語調を強めた。

「だったら、今から所長のところに行く。おまえがここで何をしているのか、俺が探り当てた疑惑を洗いざらい話して、この内部への立ち入り検査を行ってもらうことにする」

言った途端、菊池の表情が変わった。

目がすっと細められ、桜河内に歩み寄ってきて、腕をつかんだ。

「そこまで中を見たいというのなら、おまえにだけは特別に見せてやろう。案内してやる」

強い力で引きずられて、桜河内は顔をしかめる。だが、菊池は力を緩めることなく、制御の効かない力を発揮して、パーティションの向こうへと桜河内を引きずりこんだ
背後で鋼鉄のドアが閉じられていくのを感じたが、桜河内は室内に何台も設置された楕円《だえん》形の大きな水槽に意識を奪われていた。

いくつかの水槽は深海を思わせる闇の中に沈んでいたが、その中に青白く発光する生き物がチラチラと見える。手前の水槽には菊池が性転換の調査の対象にしている魚や、ゴカイやヒトデなどが入っ

ているようだ。水槽を眺めながら奥に進むにつれて、とある水槽に桜河内は注意を惹きつけられた。

——何だ、……あれは……。

タコやイカのような頭足類が、そこにはいるようだ。

最初は何匹も入っているのかと思ったのだが、それにしては密度が高すぎる。

——ん？　もしかして、一匹？

どんな生き物なんだと、水槽に額を近づけて観察しようとしたとき、菊池が桜河内の横に立ったのがわかった。

彼は水槽を見てはおらず、桜河内に強い視線を浴びせかけてくる。

「立ち上るような色香だな。あの男の匂いをつけたまま、俺の前にやってくるとはどういう了見だ」

——あの男の匂い？

それはどういうことかと、桜河内は菊池に険のある視線を向ける。

「ふざけたことを言うな。俺がどうしてようと、おまえに口だしされることではない」

「そんな冷ややかな態度と、さきほどの甘い顔とのギャップが、ますます俺を惹きつける」

あきれたことを言われたが、桜河内は心の中で快哉《かいさい》を叫んだ。

菊池がのぞき見していたことを、自分から認めたのだ。ここからどうやったら罪を洗いざらい認めさせる方向に話を誘導できるかと考えたそのとき、桜河内の身体は菊池に強く抱きすくめられた。

——な……？

そのことに驚いてもがこうとした瞬間、首筋から背筋に向けて強烈な電撃が走る。

「……っ！」

頭の中が真っ白になり、菊池の腕の中でずるずると崩れ落ちていくのを感じたのが、最後だ。


目が覚めたとき、桜河内は医療用のベッドに自分が固定されているのに気づいた。

横たわる部分には体重分散効果に優れた塩ビレザーのクッションがついているが、幅が狭い。

頭上にある金属製のヘッドレストに、両手を医療用の拘束具で固定されていた。足首にも同じものが巻きつけられて、足もとのパイプに固定されているようだ。大の字の形でベッドに貼りつけられているのを認識するなり、桜河内はそれを外そうともがいた。

「菊池……っ！　何のつもりだ……！」

どこともなく怒鳴ってみたが、返事はない。

見えるのは、白い高い天井ばかりだ。おそらく第二培養室だろう。ベッドを囲むようにぐるりと衝《つい》立《たて》が置かれており、その奥に置かれているものは見えない。コポコポと、水が流れるような音がずっと聞こえていた。

さらに、ベッドの右脇に、点滴をぶら下げたポールが置かれていることに桜河内は気づいた。そのチューブは、桜河内の肘の内側に固定された針につながっている。

――何だ、これは……。

得体の知れない薬剤を、知らぬ間に身体に投与されていることに、桜河内は身震いした。

それだけではなく、桜河内は服をはだけられ、額や心臓などあらゆるところにパットが取りつけられている。それらは頭の上のほうにある生体情報モニターにつながっているのだろう。見上げてもよく見えなかったが、漏れ聞こえる電子音と心音は一致するようだ。

——俺を、……いったいどうするつもりだ……?

本格的に実験体にされたのだろうか。だが、正当な手続きを経ることなく、同僚の研究者に得体の知れない実験を仕掛けるなんて、菊池は破れかぶれになったとしか思えない。

こんなことが表沙汰になれば、菊池の研究者としての一生は終わったも同然だろう。

——ああ。だけど、……菊池はヨーロッパ至上主義のカルトと関わっているから。

その資金源を喜ばせるためなら、無茶な人体実験によってでもデータ収集を行ってもいいと判断しているのかもしれない。

菊池の頭の中を探ることはやめにして、桜河内は脱出の可能性を探ることにした。

——……ここでは、一定の期間、実験の自由は保障されているから、なかなか見つからないだろうな。

桜河内が閉じこめられているのが先ほどの第二培養室だとしたら、スタッフは立ち入りを許されていない。桜河内の失踪《しっそう》と、この部屋が結びつけられることはないだろう。

そう思うと、絶望的な気分になった。

——……ここで菊池に殺されても、……当分、気づかれないかもな。

菊池の暴走に気づいているのは、今は自分と須坂だけだ。自分の失踪が明らかになって、その理由について須坂が所長やスタッフに訴えたとしても、菊池のほうが信用されて、すぐには動かないかもしれない。

そのとき、誰かが近づいてくる気配があった。

ハッとして顔を向けると、桜河内をのぞきこんできたのは菊池だ。

「これを外せ！」

手足に力をこめながら、桜河内は頭ごなしにきつい口調で命じる。医療用の拘束具は、暴れても緩むようなものではないらしい。

菊池は完全にその言葉を無視した。

何かに酔ったような目で、桜河内を見下ろしてくる。

「おまえを初めて見たときから、その眼差しや、冷ややかな態度に魅了された。男に心を奪われるとは不覚だったな。だからこそ、おまえが女だったらいいのに、と何度も考えた。それが、十五年ほど前の話だ。――だからこそ俺は、魚類の性転換システムの限りない可能性に気づいたとき、それに夢を託した。来る日も来る日も海に潜っては魚の観察を続け、哺乳類に使えるかもしれない特殊な物質をついに探り当てた。……そして、俺は、おまえと同じ少子化政策プロジェクトに参加することもできた」

「おまえと初めて会ったのは、この研究所だと思っていたが、違うのか」

桜河内は容赦なく尋ねる。

傷ついたように、菊池は目を伏せた。

「何度会っても、おまえは俺のことを覚えなかった」

そんなふうに言われると、桜河内のほうも不本意な気分になる。

「俺とはあまり専門が一致しないから、大きな会場でしか会っていないはずだ。覚えてなくても当然だろ」

「おまえと初めて会ったのは、学会じゃない。おまえがまだピュアな大学生だったころだ。挨拶《あいさつ》をしたら、おまえはその目で俺を見つめ、握手のために手を差し出したんだ」

「……そんなことは、誰にでもしている」

桜河内は呆れて返答した。

菊池を認識したのは、少子化対策プロジェクトチームが発足してからだ。

そんな昔から目をつけられていたとは知らなかった。

だが、どんなに切実な理由があったとしても、菊池がしたことはルール違反でしかない。

「新しい薬物を人に投与するときには、十分な動物実験を経て、安全性を確認して厚生労働省の認可を得てから、というのが原則だというのを知らないのか」

桜河内は点滴とそのコードを見上げながら、非難するように言い捨てる。おそらく、この点滴に入っているのは、菊池が発見した女体化ホルモンだろう。自分が人類初の性転換実験例になるかもしれないと思うと興味深くはあるが、このようなことを許容したつもりはない。

何より桜河内は、男である身体のことを、それなりに気に入っていた。

「危険はない。十分な勝算はある——と言いたいが、おまえが計画をめちゃくちゃにした。無理にこの部屋に押し入ってこようとするから、こうするしかなかった。毎朝、おまえに渡すコーヒーの中に少しずつその物質を混入させて、様子をうかがっていたのだが、ある画期的な方法も発見できたので、一気に進行させることにした。その画期的な方法だけどな、俺が発見した女体化物質は、脳内にβエンドルフィンがある一定の濃度に達したときに、爆発的に活性化するんだ。つまりは、セックスで達したとき。それを突き止めるまでずっと足踏みしていたんだが、ようやくこれで実験が進む」

βエンドルフィンは脳内で働く神経伝達物質の一種で、脳内麻薬とも呼ばれている。ランナーズハイや性行為、おいしいものを食べたときなどに分泌されるものだ。

「何を言ってる……っ」

菊池が何をしでかそうとしようのか、冷静に問いただしていさめたかったが、菊池が誇らしげにゴーグルと、それを接続する装置を取りだしているのに気づいて絶句した。桜河内のチームが開発している装置を、勝手に運んできたらしい。

「せっかくだから、これも準備してやったぞ。プログラムの中に、あの男の姿形を再現したものがあったな。これさえあれば、おまえは俺とやっても、あの男に抱かれているような気分になるんだろ」

「ば……っ」

何てことをするつもりなんだと、桜河内は身震いした。

確かにこのゴーグルさえあれば、菊池としても須坂に抱かれている感覚は得られるだろう。だが、どうしても拭いきれない生理的な嫌悪感がある。

人は何かと、好みにうるさいようだ。自然界の生物よりも交配が進まないのは、この『好み』が邪魔をしていると考えた桜河内は、だったら『好み』の相手とセックスしている感覚が得られるようにと、この装置を開発したのだ。

だが、そのコンセプトは根本的に間違っていたのかもしれないという可能性に、初めて気づく。

このゴーグルをはめて菊池としたとしても、少しも嬉しくないからだ。脳を騙しても、心までは騙せない。そのことを、ハッキリと気づかされた。

「――やめろ……っ！　嫌だ……！」

菊池が何をしでかそうとしているのかが理解できて、桜河内は渾身《こんしん》の力でもがいた。無駄だと判断できたときには抵抗しないでいたほうが体力の温存になると頭の中では判断できていたはずなのに、どうしてもじっとしていられない。

自分が須坂にしか抱かれたくないと思っていることを、嫌になるほど理解した。

「やめろ……っ！」

だけど、抵抗し続ける桜河内の顔にゴーグルが強引に装着された。いくら首を振って逃れようとしても、拘束されているから抵抗しきれない。

息が切れていくのを感じながらゴーグル越しに見上げると、そこにいるのは須坂だった。それだけで桜河内の身体が一気に熱くなり、心臓がばくばくと鳴り響く。

だけど、これは菊池のはずだ。

「止めろ……っ！　誰が、おまえとなんか……っ」

こいつは菊池だと必死で自分に言い聞かせているというのに、須坂そっくりの男に服をはだけられていくだけで甘い刺激が身体を走った。

先ほど須坂としていたのを無理に中断したせいもあるのか、すぐに身体に火がつく。

それでも、菊池とするのは嫌だった。

「……ッ、嫌だ……っ！　おまえとするぐらいなら、そこら辺のゲジゲジとやるほうがマシだ…から…！」

桜河内は思いつくかぎりの言葉で、菊池を罵倒《ばとう》しようとした。

だが、その甲斐《かい》なくワイシャツのボタンが外されて、肌が露《あら》わにされていく。

気づけば、桜河内の身体は小刻みに震えていた。

セックスなど、自分の人生において何の意味も持たないと思っていた。性欲は食欲と同じで、制御することが可能だと思っていたのに、誰かを好きになるという意味を初めて身に染みて理解したような気がする。

——須坂じゃないと、嫌なんだ。

自分の中に、こんな思いが潜んでいたとは思わなかった。

——だけど、失恋した。

男であるかぎり、須坂との恋は実らない。

そう思っただけで、ズキズキと胸が痛む。須坂にとって、男は恋愛対象ではない。

——だけど、菊池の女体化ホルモンで、俺が女になったら……？

そんな望みが頭をかすめ、桜河内はその考えを振り切ろうと叫んだ。

「やめろ！　俺に触るな……！　おまえとなど、誰がするか……っ！　そのあたりのタコとやったほうがマシだ！」

どんなに抵抗しても拘束された身体では無理で、足首の拘束ベルトを片方ずつ外されて下肢に着ていたものを脱がされ、ぐいと膝を折るようにして足の間をさらけ出された。その姿に、桜河内は思わずうめかずにはいられなかった。

菊池は、そのあたりを観察するように顔を寄せてくる。

「……この女体化ホルモンで、ヒトがどのようにメスに変化していくのかは確かめたことがないから、楽しみだな。現在の体転換には、大がかりな外科手術が必要だ。まずはペニスを切除し、皮を剝《は》ぎ、海綿体を切り取る。亀頭《きとう》部を半分残してクリトリスに使用し、ペニスと肛門の間に穴を空けて、切り取ったペニスの皮膚を縫いつけ、膣にする……。そんな大変な手術が必要だったのだが、……俺が発見したこの物質によって、世界に革命が起きるぞ。……生物学的には、どう変化するんだろうな。子宮と膣が新たに作られるのか、それとも直腸が分岐するのか」

「……何ヶ月もかかるはずだ。その間、……俺をこんなところに閉じこめておけるはずがない」

昆虫や魚類の変化はもの凄い勢いで行われる。さなぎの例を考えると、常識で考えるよりもずっと早く桜河内の身体の改造はなされるのかもしれない。

そのとき、菊池に蟻《あり》の戸渡り部分を指先でまさぐられ、ぞぞぞっと悪寒が身体を突き抜けた。

「おや、何だこれは」

菊池の手が、そのあたりにある何かに触れた瞬間、爆発的な快感が身体を突き抜けた。

「くっ……は……っ！」

抑えようとしても、勝手に声が口から漏れる。

とっさに歯を食いしばってこらえようとしても、菊池の指が小さく突きだした部分をゆっくりとなぞっただけで、ぞくぞくと甘い快感が全身を溶かしていく。

——何だ、これは……。

その快感に必死で耐えようとしても、身体の芯まで溶け落ちるような感覚は強くなるばかりだ。

足に全く力が入らず、太腿が小刻みに震えてしまう。

優しく指を動かされながら、菊池がその部分に顔を寄せてのぞきこんだ。

「おや。女体化は、胸だけじゃないみたいだな。陰茎にはまだ変化はないが、睾丸《こうがん》が心持ち縮んで、その下に何やら突起ができている。これはクリトリスか？」

――クリトリス……？

信じられない思いで、桜河内は目を見開く、クリトリスは機能的には陰茎の代わりのようなものだから、両方がついているのはおかしい。

そう思うのだが、現に菊池がその突起を優しく指で弾くたびに、甘ったるい快感が身体の芯にまで送りこまれ、その快感に囚われそうになる。

自分の身体の急速な変化を思うと、呼吸が浅くなるほどの不安にさらされた。ただでさえ、胸元がすでに変化し始めているのだ。

――嫌だ……っ！

他人に勝手に身体を改造されるなんてごめんだった。

そのとき、須坂の顔をした菊池の顔がすぐ目の前に寄せられているのに気づき、桜河内は弾かれたように顔を背けた。

それでも、顎をつかまれて顔面を固定され、口づけられそうになった。くりくりと突起を転がされているので、力が入らないながらも、嫌悪とともにその唇に歯を立てる。

がりっと音が聞こえるほどの拒絶に、菊池は怯えたように身体を引いた。

怒りに顔を真っ赤に染めながら、憎々しげに桜河内をにらみつける。

「……っ、そうか。おまえは、どうしても俺に抱かれたくないんだな」

「あたり……まえだ。おまえに抱かれたいなんてことがあるはずがない」

菊池に嬲られた部分が、ジンジンと甘く疼くのを感じながら、唯一自由になる言葉を操って、桜河内は思いきり毒を吐く。

だが、菊池はそんな精一杯の虚勢すらもせせら笑った。

「あの男には抱かせるくせに、ふざけたことを言う。だが、俺も男のままのおまえに手を出す趣味はない。おまえも俺とするよりは、その辺のゲジゲジやタコとするほうがマシだと言ってたな。ならば、ちょうどおあつらえ向きのがある」

——何だと……？

何をするつもりかと、桜河内はすくみ上がる。菊池はベッドから降りた。

「海洋生物を研究していたときに、これを見つけた。深海性の頭足類——おそらくは軟体動物か、イソギンチャクの仲間だが、このあたりは非常に流動的で統一見解がないから、分類するのも無意味だな。大きなものだから、二メートルにも達する。触手の数は四十八本。触手には吸着イボがあって、これによって獲物を絡め取り、毒のある刺胞を打ちこむ」

菊池はそんなことを言いながら、四方を囲む衝立の一部を外した。見えたのは、先ほど部屋の奥のほうにあって、桜河内がのぞきこんだ水槽だ。

そこには、大きな軟体動物がたゆたっているように見えた。室内の青白い光に照らし出されるそれは、菊池が言った深海性の頭足類だろうか。

菊池がレバーを操作すると、水槽から水が抜けていく。水位が下がっていくのを待ちながら、菊池が得意気に続けた。

「餌《えさ》に何を食べるのかといろいろ試してみたところ、なかなか適合するものがないので、試しにマウスを与えてみた。するとマウスはこの触手に締めつけられて、エクスタシーに達しているように見えた。どうやらこの触手の持つ刺胞が、哺乳類にとっては性的な興奮を亢進《こうしん》させる働きがあるらしい」

「マウスは、……食われたのか？」

軟体動物の触手は筋肉でつくられており、ときに強い力を発揮することができる。

これほど大きな軟体動物だと、桜河内ですら首や顔に貼りつかれれば窒息させられるかもしれない。

そんな恐怖を覚えて、桜河内は震えた。

「いや。こいつはマウスを食わなかった。こいつが食うのは、海の生き物だけだ。締めつけても、哺乳類の骨を砕くほどの力はない。恒温動物に興味はあるようで、さんざん巻きついてくるけどな」

その言葉とともに、菊池はそれが入った水槽を開き、両手で抱え上げて桜河内のベッドまでそれを運んだ。脇腹のあたりに置かれ、すぐに桜河内の身体に、ひんやりとしたものが触れてくる。

「っ……」

ねっとりとした粘液を滴らせながら肌に伸びてくる触手の感触は、イカやタコに近い。それも、茹《ゆ》でたものではなく、生のぬるぬるとしたつかみどころのないものだった。

その触手には吸盤がみっしりとついており、まるで無数の唇に脇腹に吸いつかれているような感覚に、桜河内はゾクッと震えた。

「気持ち……悪い……だろ……っ！　何をしようっていうんだ！　嫌がらせなら、たいがいにしろ」

あまりのおぞましさに、全身が鳥肌立つ。このような軟体動物を肌に這わされるなんて、冗談ではない。

振り払おうとしているのに、それは脇腹から桜河内の身体によじ登ろうとするように、触手を這わせてきた。

「やめろ……！　この拘束を外せ！　やりたいのなら、自分一人で楽しめ……っ」

キツい声でそう言って、近くにいるはずの菊池を捜すためにゴーグル越しに見回した。

そのとき、信じられないものを見て、桜河内は大きく震える。

身体で受け取る感覚は、この上もなくねとねととした海の生き物のそれなのに、それが須坂の頭部の形をしていたからだ。

須坂の首より下が、触手を持つ軟体生物になっていた。

――何だこれは……っ！

桜河内の心臓は、恐怖とパニックで壊れそうなほど鳴り響く。

そのとき、須坂のようなものが伸ばした触手の先が、左の胸元へとすべりこんできた。

ほとんど肉づきのない乳房の周囲にぐるりと巻きつけられ、外側から絞り上げられるような異様な感覚にびくんと身体が反応する。

締めつけられたことで、自分のそこに乳房のような肉づきがかすかにあることを逆に思い知らされた。

「っく……」

そのとき、別の触手がその絞り上げられた肉の頂点で尖っていた乳首を無造作に擦りあげる。

「っぁ、あ…っ」

ひんやりとしたぬめりとともに、長い舌で舐められたような刺激が走り抜けた。

こんな感覚を受け止めるなど冗談ではなくて、触手を振り払おうと身体をのけぞらせたが、敏感な乳首をさらに触手の側面にある吸盤でくちゅくちゅと続けざまに押し潰され、全身が強張る。

手首を頭上で拘束されているために、どうしても胸を突きだすような格好になってしまう。

その触手は、桜河内の胸部を横切るように、首のあたりまでずずずっと這っていた。

そこにある無数の吸盤が、動きに合わせて突きだした乳首を淫らに刺激していく。

その異様な感触に、桜河内は歯を食いしばった。

「やめろ、……ッン、ン……っ」

いくら刺激から逃れようと身体をよじっても、突きだした乳首はことさら刺激を受け止めることになってしまう。

粘液を滴らせた触手に肌を這われるなんて、おぞましいことでしかないはずだ。

そう思っていたはずなのに、触手が乳首の上をにゅるっと這いずるたびに、乳首がやたらと刺激されて、息を飲むほどの甘ったるい疼きが次々と身体の芯まで送りこまれた。

「っは、……っは、は……っ」

乳房の根元に巻きついた触手はそこから離れようとせず、ささやかな桜河内の胸元を無理やりくびりださせている。

触手が蠢くたびに吸盤が胸元に擦りつけられ、強すぎるほどの刺激が絶え間なく乳首に送りこまれる。桜河内は次第に、頭がボーッとしていくのを感じていた。

だが、視線を身体の上に戻すなり、そこにいる不気味な姿の須坂に震えずにはいられない。

——ど……して、須坂が……っ。

まともに頭が働かないながらも、ようやく原因に気づいた。

装着し続けていることで違和感がなくなっていたが、桜河内にはあのゴーグルがはめられていたのだ。

――ゴーグルによって、セックスの相手が須坂の姿に置き換わる……。

だからこそ、視界に入る相手の頭部に、須坂の姿が投影されているのではないだろうか。

――にしても、この異様さは……っ。

仕組みがわかっても正視できない。

――不気味すぎる。

そのとき、左側だけではなくて、右側の胸元にも触手が伸びてきた。そちら側も乳房の周辺に巻きつかれ、ささやかな胸の膨らみを無理やり強調するかのようにぎちっと肉が絞り出される。

「っあ」

その異様な感覚にうめくと、そのてっぺんめがけて別の突起が伸びてきた。

「っう、あ」

乳首をくりっと触手に転がされて、思わずびくんと腰が動く。触手はねとねとと柔らかなのに、内側には芯のようなものが感じられた。その触手についた吸盤にぷっくりと硬くしこる乳首を弾かれ、転がされていると、腰の奥までが甘い疼きに満たされる。

「……っあ、……っは、は……っ」

意識をしっかり保っていなければ、両方の乳首からの刺激に全てを奪われてしまいそうだった。

そのとき、どこかから菊池の声が聞こえてきた。

「哺乳類を殺すほどの力はないくせに、こいつは獲物を餌にしようとひたすらからみついてくる。反応すると、そこを何度でも刺激する。いずれは、哺乳類にとっては媚薬代わりとなる刺胞を打ちこまれることだろう」

刺胞と聞いただけで、痛そうで身体の奥がずくんと疼いた。

集中的に刺激されている乳首にそんなものを打ちこまれるのだけはごめんで、必死になって身体の身じろぎを止めようとした。

だが、乳房をこね上げるように触手が蠢くと、びくびくと身体が震えるのを抑えられない。

「っひ、……っぁ、あ……っ」

さらに乳首に細い触手が伸ばされ、乳首の根元に巻きつかれてその粒を両方とも絞り出された。感じるツボを心得ているように刺激されて、桜河内はあえがずにはいられない。

——なんだこれは……っ！　突起には、からみつく習性なのか？

絞り出された乳首をきゅうきゅうと引っ張られ、淡い桜色の乳輪が淫らに引き伸ばされた。

「つく、……っぁ……っ」

これ以上は無理という状態まで引っ張られ、その先端でぷるぷる震えていた乳首に、さらに触手がからみついてきた。

敏感すぎる先端部をぬるぬると細かな無数の舌で舐められたような感触があった後で、いきなり針で突き刺されたような痛みが突き抜けた。

「つぅ、あ！」

驚きに、ぞくっと身体が震えた。

菊池が言っていたように、刺胞を打ちこまれたのかもしれない。

だが、痛みは次第に痺れるような甘さに置き変わり、今まで感じたことのない切実な欲求が乳首から広がっていく。

——あ、……そこ……っ。

むず痒さに小刻みに震えながら、桜河内は胸元をのけぞらせた。

「っぁ、……っぁ、あ……っ」

絞り出され、引っ張られたままの乳首に、全ての感覚が集中していくような感覚があった。

しばらく触手は動かなかったものの、不意にぬるりとその部分を転がされた途端、あまりの快感に桜河内は声もなく震えた。

「は、……っあ、……っんぁ、あ……っ」

根元に巻きついている触手ごと、別の触手が乳首をぐるぐるとこね回してくる。その触手にある吸盤が乳首に引っかかって刺激が生まれるたびに、頭の中でバチバチと火花が散るほどの快感があった。

——く、……こん……なの……っ！

頭の中でどんなに嫌悪しても、身体はより刺激を欲しがって、胸元をのけぞらせてしまう。

根元に巻きついた触手で、きゅ、きゅっと乳首を絞り上げられるように引っ張られるたびに、脳天まで響く快感に頭の中が真っ白になる。

「…ぁ、……っぁ、あ……っ」

乳首が特別な感覚器官と化したかのように、そこで感じる快感は増すばかりだ。

触手に全ての感覚を支配されていた。

さんざんこねまわされてもなおもジンジンと疼く乳首を転がされながら、その悦楽にあえいでいたとき、さらに乳首に甘ったるい刺激が広がった。

何が起きたのかと思って胸元に視線を向けると、先端にイソギンチャクの口のようなすぼまりがある触手が乳首をぱっくりと呑みこんでいた。

口の周りには無数の突起が生えていて、それが乳輪のあたりをさわさわと撫でていく。

得体の知れない口に敏感な部分を呑みこまれた恐怖に、あわてて胸元を引こうとしたが、どうしてもそれはかなわない。

呑みこまれた乳首には、ずっと柔らかなもので吸引されているような感覚がつきまとう。

「っひ、……っや、……ぁ、あ……っ！」

口の内側には軟骨組織のようなものがあって、必死になって胸を引こうとするたびに、引き止めるように収縮するそれに嚙まれた。

「っ……っは、……っ、あ、あ、あ……っ」

たまらない刺激を受けて、桜河内の目からはじわりと涙が滲む。

泣くつもりなんてないのに、あまりの快感に抑えが効かなかった。

――これが……いつまで続く……んだ。

これほどまでに感じさせられるなんて、想像もしていなかった。早くこれを遠ざけて欲しい。そもそも、どうしてこんなものを乗せられたのか考えて、桜河内はその理由に思い当たった。

――βエンドルフィンが一定の濃度に達したときに、女体化ホルモンが一気に活性化すると言って……た……。

「菊池！　……止めさせろ……！」

必死になって怒鳴ったが、返事はない。

菊池はおそらくどこかから、桜河内のこの姿を観察しているはずだ。菊池のもくろみ通り、イクわけにはいかない。必死になって反応を抑えようと思うのに、そうはできない。

さらに、反対側の乳首にもイソギンチャクの口のようになっている触手の先端が近づいていくのに気づいて、桜河内はそれから逃れようと身体をひねった。

だが、大きく動けば動くほど、すでにくわえこまれている乳首を甘噛みされることになる。剝きだしにされた神経を刺激されるかのような鋭い快感が生み出されて、桜河内の動きは止まってしまう。

「くっ、ぁあ……っ！」

そのとき、反対側の乳首もついに触手にくわえこまれた。ぬるりとその突起全体にからみついてくる触手の内側の快感に、桜河内は息を呑んだ。

左右それぞれにぬるつく触手に乳首を絡め取られて、甘ったるく吸いあげられ続ける。時折、甘噛みされるような刺激も混じって、桜河内は熱い息を吐いた。

「っは、……ぁ、あ……っこ……んな……の……っ」

全身が火照って、吐息までもが熱い。滲む汗と、触手からの粘液が混じりあう。

やたらと乳首を刺激されることで、そこが女のように膨らんでいくような恐怖があった。

どんなに頭の中で拒絶しても乳首を吸われる快感はすごくて、桜河内はひたすらあえぐことしかできない。

受け入れがたい快感にのたうつ桜河内の脇腹のあたりから、下肢のほうまで数本の太い触手が伸びていった。

太腿にからみつき、足の先のほうまで這っていく。もう片方の足のほうにも触手は伸び、足の付け根のほうに這い上がっていくのがわかる。

だが、服を脱がされた後で両足を医療用拘束具で固定されなおした桜河内には、なす術がなかった。

「止めさせろ……っ！」

どこにいるのかわからない菊池に向かって叫んでみるが、反応がないうちに触手はついに桜河内の性器に巻きついた。

「っう、ぁ！」

その独特の感触に、桜河内はぶるりと震える。

無数の吸盤とともに、ぬるぬるとペニスにからみつく感覚がやけに生々しい。感じすぎて絶え間なく腰を動かさずにはいられなかった。無数の触手がペニスに粘液をこすりつけてくる感触は、何本もの舌に舐め回されているのに似ていた。桜河内は正気を失うまいと、きつく歯を噛みしめた。

――こんなものに……、からみつかれるなんて……。

桜河内は必死になって、自分を保とうとする。

だが、それも菊池に見つけ出された新しい肉芽を、触手に見つけ出されるまでだった。

「ッン、う、……っぁあ……っ！」

ぬるっとそのあたりに触手が這っただけで、まともに何も考えられなくなる。とろりと何かが溢れ出すような感覚とともに、突起をもてあそばれて腰が揺れる。

その快感に耐えるだけでも精一杯だったのに、狭い入口を押し上げて、指よりも太い触手が体内に押しこまれてきた。

「つぁ！　……つぁあああああ……っ」

いきなりの衝撃に、身体が大きく跳ね上がる。

触手は桜河内の奥深くまで、入りこんでいった。

その違和感に襞がからみつき、異物を排除しようと蠢いた。だが、ゆるゆるとその上にある肉芽を撫で回されていて、腰に力が入らない。気持ち悪さで一杯だというのに、襞に触手が入りこむたびに、生々しい快感が身体の奥から響いてくる。慣れない内部を強引に割り開かれる圧迫感と快感に、感覚がごちゃごちゃになった。

そのとき、敏感すぎる肉芽に細い触手が巻きついてきた。乳首と下肢を両方ともそんなふうにくびりだされ、動くたびに全身に広がる甘さに、身体の芯までがかぁあああっと熱くなる。

襞が触手を締めつけるたびに、その側面にある無数の吸盤に擦りあげられて、電流のような痺れが沸きあがった。

「くっ……ぁ、……ッ」

どこまでも入っていく触手が怖いというのに、入口から深い部分まで一本のものが蠢いている感覚に、絶望的なほどの快感がこみあげてくる。

深くまで入りこんでいる触手だけではなく、さらに数本の細い触手が体内に入りこもうとして、入口付近をぬるぬると出入りしていた。

そんなふうに入口付近を絶え間なく刺激されていると、いくら我慢しても溢れる声を押しとどめることができない。

「つや…め……っ、ぅ、……っは、は……っ」

どこまで入ったかわからなくなったころ、ようやく触手がゆっくりと抜き出された。

「ぁ、……っぁ、あ、あ、あ……」

今度はひたすら、抜ける感覚ばかりを味わわされる。

永遠に続くような排泄感に、乳首と下肢の肉芽を引っ張られ、ペニスをしごきたてられる快感が混じる。絶頂の予兆に、桜河内の身体が小刻みに痙攣し始めた。気を緩めたら、それだけで達してしまいそうだ。

「っひ、あ……っ」

だが、触手は完全に抜き取られることなく、あと少しで抜けそうだったときにまた奥まで入りこみ始めた。

「っあ、あ、あ……っ」

今度は一本だけではなく、同じぐらいの太さの二本の触手が体内に入りこんでくる。その触手が競いあうようにからむことで、触手の側面に生えた吸盤が不規則に襞に擦りつけられ、くりゅくりゅという甘ったるい感覚が狂おしく掻き立てられた。

二本の触手に身体を内側から押し広げられる充溢《じゅういつ》感だけで終わらず、びっしり生えた吸盤に体内をかき混ぜられるのはたまらなかった。

「や、……っぁ、あ、あ……っ」

触手が十分な粘液をまとってなければ、体内に受け入れることが困難なほどの太さだ。二本の触手はすぐには抜けず、深い部分まで押しこまれたまま蠢いていた。そのたびに、吸盤が強く襞を擦りあげる。

「……は、は。は……っ」

弾ける快感に、桜河内の太腿が勝手に痙攣した。

二本の触手は桜河内の体内でさんざんからみあって暴れ回り、ようやくゆっくりと抜け落ちていった。

「……は……っ」

何もなくなった入口が、ねっとりと粘液を吐き出す感覚に桜河内は震えた。

だが、身体が落ち着く間もなく、新たな触手がそこを割り開く。

「っひ、ぁあああ……っ！」

先ほどとは比較にならない大きさのものに穿たれて、桜河内はのけぞった。

身体を内側から強烈に押し広げられる充溢感から逃れようと腰を動かすたびに、触手にびっしりと生えた吸盤が粘膜とねじれて、鮮烈な快感が生み出される。

脳天まで真っ白に染める刺激に、全身に力がこもる。息ができなくなる。

「っぁ、ぅあ、ああああ……っ」

それでも、必死になってこらえたのは、イったら全てが終わるという感覚がつきまとっていたからだ。

力強く突きあげられ、切れ切れの甘い声を漏らしながらも、桜河内は正気を取り戻そうとした。

——イったら、女体化……ホルモンが、……爆発的に活性化する…って…。

イクわけにはいかない。

だが、体内を吸盤のある太い触手でかき混ぜられるたびに、視界が涙で滲む。背筋に甘ったるい痺れが駆け上がり、両足が強張り、上体がのけぞった。小刻みに身体が痙攣する。どうすれば、これをやり過ごすことができるのか、見当もつかない。

「ン、……っぁ、あ……っ」

身体の内側から吸盤で強烈に擦りたてられるたびに、桜河内の腰がうねるように動いた。最初はこの快楽から逃れるために、動かしたはずだった。なのに、いつの間にか腰を揺すりたてるのを止められなくなっていた。

さらに触手は中でふくれあがり、太い一本だけではなくて、細い触手も襞との隙間に強引に入りこんできた。複雑な刺激を伴いながら、触手が内部で蠢く。

「っひ、ぁあ……っ」

悦楽に押し上げられ、絶え間なく反応せずにはいられなくなった桜河内を、触手は獲物の抵抗と認識しているのかもしれない。

桜河内にからみついて拘束しようとする触手の数が増し、乳首が強烈に吸いあげられた。それだけでは終わらず、ついに下肢の敏感な部分にもイソギンチャクに似た頭部を伴った触手の先が近づいてくる。

ついにそれに呑みこまれ、ズキンと痺れるような刺激に混じって、甘嚙みされるような刺激が立て続けに浴びせかけられた。

「……っぁあ！」

のけぞった直後に、乳首と下肢の肉芽に鋭い痛みが走った。全身を触手にからみつかれながら、桜河内は大きくのけぞった。

――また、刺胞を打ちこまれた……っ。

すでに乳首と下肢の突起は快楽の塊と化し、ズキンズキンと疼き続ける。

イソギンチャクの口に似た触手の先端に、敏感な箇所をちゅくちゅくと吸いあげられるたびに、桜河内の目は潤み、荒い息が漏れた。

「は、……は、は……っも、……ダメ……っぁ……っ」

いくら必死で抵抗しようとしても、慣れない身体はこのような行為に耐える方法を知らない。

全身に力がこもり、ぶるっとのけぞると下肢の肉芽から触手の先端がちゅぽんと外れた。

その瞬間に走った刺激に、桜河内の身体はまた動いてしまう。

「っぁあ、ン、ン、ン」

剝きだしになった部分が、外気にさらされる。だが、新たな触手が、またそこに近づいてくる。すぐにくわえこまれることはなく、無数に生えた触手で柔らかにねっとりと擦りたてられた。

「は、……っは、は……っ」

そんな間にも、桜河内の中に入りこんだ太い触手は、休みなく抜き差しを繰り返している。

感じるところをまた吸盤に直撃され、鋭い快感が脳天にまで響いた。

「ひ、あ！」

吸盤は列になってついているから、深くまで入りこまれると、感じるところを休みなく刺激され続けることになる。

「……あ、ぁ、ぅ…ひっ……んっ！」

目の前で火花が散るほどの絶頂感をどうにかやり過ごしたが、抜くときの動きによっても感じる部分が無数の吸盤に擦りあげられて全身がのたうつ。

感じるたびに襞がひくつき、小刻みに痙攣しながらぎゅうぎゅうと触手を締めつけていた。

——も、……ダメだ……っ。

すぐそばまで迫ってくる絶頂感に、桜河内は絶望を覚えた。

——……女にされる……っ。

快感にかすむ頭の中で、それが恐怖でならない。

こんな状態から逃げ出すことができたら、すぐさま菊池を訴えて、刑事責任を負わせるつもりはある。だが、いくら菊池に報いを受けさせたとしても、女になった桜河内の身体は取り返しがつかないことになっているかもしれない。

——そんなことになったら……っ。

脳裏に浮かぶのは、須坂のことばかりだ。

もし桜河内が女の身体になったら、須坂はどんな反応を見せるだろうか。男である桜河内は無理でも、女の身体になった桜河内なら、恋愛対象となるのか。

須坂への思いに引き裂かれそうになりながら、あくまでも意地を張りたくて、桜河内は歯を食いしばった。くぷくぷと体内を穿たれる悦楽に、必死でこらえようとする。

そんな桜河内に、あらたなる責めが襲いかかってきた。ペニスに巻きついてしごきたてていた触手が、細くなった触手の先を尿道口から押しこんでくる。

「っひ、ぁ……っ！」

想像もしていなかったところへの刺激に、ざわりと肌が粟立《あわだ》った。おぞましさでいっぱいだという

のに、触手が先走りの蜜を潤滑剤にして、狭い尿道口の中を埋めつくすように這っていく。

「くぁ……っ」

頭の中までジンと灼けた。

「……っあ」

触手が尿道の中で蠢くたびに、ざわざわと震えが走る。こらえようとするたびに、びくんと震えが走った。

感覚のない深みまで尿道を穿たれる感覚をどうにかやり過ごしたというのに、今度は入りこんだものが引き抜かれていく。射精感をぞくぞくと掻き立てられて、全身から冷たい汗が噴き出した。

——ど……して、……こんな……っ！

自分の身体の奥底に秘められていた未知の感覚が、そこを穿たれることによって強制的に目覚めさせられる。

後孔を深くまで触手に穿たれ、乳首も尿道も埋めつくされている。

あらゆるところに触手が巻きつき、桜河内の全身を淫らに刺激してくる。触手が蠢くたびに、全身が無数の舌で舐めたてられているのも同様だった。

——も、……これ以上耐えるのも、……限界……かもしれない……っ。

ペニスの内側までぬめる触手で刺激されて、下腹部が痙攣する。

抑えきれない快感に涙が溢れ、甘美な疼きに全てを預けようとしたときだ。

不意に室内に、鋭い警告音が流れた。

——何だ……？

それによって、桜河内はハッと現実に引き戻される。その直後に、声が聞こえた。

「桜河内！　……桜河内！　無事か！　ここにいるのか……！」

――須坂？

信じられなくて、桜河内は目を見開いた。ゴーグル越しの視界では、正しく須坂を見定めることはできない。

桜河内は大きく首を振って、耳だけで須坂の居場所を探ろうとしながら、必死で声を張り上げた。

「……っここだ！　須坂……っ！」

必死になってもがいても、身体の上にいるものは巻きついて剝がれようとしない。それでも、懸命に暴れていると、不意に重みがすっと消えた。

須坂が両手で引き剝がそうとしているらしい。

「つう、ぁ……っ！」

本体が離れ、触手が一本ずつ引っ張られた。乳首のそれが外れるときの衝動に、甘ったるい刺激が沸きあがる。後孔に入っていたそれが強引に抜き出されていくときの摩擦も凄くて、桜河内はイかないために必死になって全身に力をこめた。

さらに尿道の中まで入りこんだ触手を抜かれそうになって、上擦る声で須坂に哀願した。

「そっと、……抜け……。……ゆっ……くり…ぁ…っ」

「そんな、……色っぽい声出すなよ」

須坂が触手から手を離し、ゴーグルを桜河内の顔から外してくれる。

ようやく正常になった視界の中で、心配そうに微笑む須坂の顔がすぐそばで見えた。

「本物の……、……須坂か」

「本物もなにも、俺は俺だよ」

須坂が言いながら、あらためて慎重に尿道の触手を抜こうとする。

触手は抜かれるのに抵抗して、その中で蠢いた。

「つぁ、……は、ッン、ン……っ」

桜河内は息を呑み、小刻みに震えた。

須坂がすぐ脇にいるというだけで、感度が段違いに跳ね上がってしまう。今までだったらどうにかやり過ごせたはずなのにそうはいかなくなりそうで、沸きあがってくる熱をこらえるだけでも精一杯だった。

――だって、……須坂の手が、……俺のに触れてる……。

「……抜くよ」

その声とともに、一気に触手が尿道から引きだされた。内側の粘膜をずずずっと刺激しながら、先走りの蜜をからめて引きだされる触手の淫らな感覚だけではなく、須坂の視線を痛いぐらいにペニスに感じた。だけど、かなり抜かれても、また触手は中に残っていた。

「ゆっく……り……」

「しようと思ったけど、……これが、……抜けないから」

なおも尿道で蠢く触手に、桜河内は震える。

須坂の指がそこにあるというだけで快感が一気にふくれあがり、中を擦られ続けることでこれ以上は無理だというところまで高まったときに、残りがぬるんと抜け落ちた。

「つく、ぅ、……っぅ、……あ……っ」

桜河内は大きく息を吐き出す。感じすぎて、いつイってもおかしくない状態にあった。はぁはぁと荒い息をつきながら、涙目で須坂に尋ねた。

「菊池は？」

「わからない。俺が来たときには、いなかった」

桜河内からはろくに室内が見回せないが、菊池はいつの間にか姿をくらませていたらしい。菊池の行方よりも、桜河内にはまずやっておかなければならないことがあった。

「……中和剤を……っ、探してくれ。でない……と、……手遅れに……なる」

「どういうことだ？」

触手から解放された乳首が、硬くしこっていた。まだ身体は油断できる状態にはなく、下手に刺激を受けたら達してしまうだろう。この胸も、いつボリュームを増しても不思議ではない。

「……菊池が、……俺の身体に、……強烈な女体化……ホルモンを……注入した。このまま、イ……っぁ、たら、……女に……なる…かもしれない」

――おまえは、……俺が女になったほうがいいのか？

桜河内はそう尋ねたくてたまらなかった。

須坂は女好きだ。男は恋愛対象外だと、ハッキリ言われている。

――女になったら、……俺でも、……須坂に愛して……もらえる……？

そんな淡い希望が、桜河内の胸に兆す。すがるように、須坂を見る。

望んでも無駄だとわかっていた。須坂はいまだに、三年前に自分を訴えた彼女のことが忘れられずにいるのだ。

桜河内がいくら女になっても、そんな彼女がいるかぎり割りこむ余地はない。

それでも、須坂と遊園地でかわしたキスが忘れられないでいた。あれはいったい何だったのだろうか。

桜河内は須坂の顔を見つめながら、言葉を押し出した。

「おまえは、……俺に、……女になってもらいたいか……？」

突拍子もない質問に思えたのか、須坂は大きく目を見開いた後で、息を吐き出した。

「バッカ。何言ってんだよ」

あきれたように、髪をくしゃっとかき混ぜられる。そんな反応によって、望み薄だと思い知らされた。

「女になったあんたなんて、想像できないだろ」

あっさりと言い切られて、桜河内の肩が小さく震えた。

――そうか……。

女になったとしても自分は恋愛対象外なんだと、言外に告げられた気がした。

不覚にもじわりと涙が溢れ出すのを覚えながら、桜河内はうめくように訴える。

「中和剤……」

「わかった。中和剤だな。……どこを探せばいいんだ？」

失恋の痛みに、胸がズキズキしてまともに考えることができそうもない。

それでも、須坂が桜河内の手首の拘束を外してくれている間に、必死になって考えた。

粘液でぬるぬるになった身体を起こし、桜河内はまずは第二培養室内を見回す。さきほどまでの触手生物は、須坂が元の水槽に戻したらしい。そこで蠢いているのが見える。

天井まで達する楕円形の水槽が、他にも室内には設置されていた。

一つの薬品を開発するには、それを中和するワクチンをセットで開発するのがセオリーだ。それがないと、実験中に間違って自分やスタッフが感染してしまった場合に対処ができない。

だからこそ、菊池の実験室にそれがないはずがない。

「どこかに、……隠してあるはずなんだ。おそらく、瓶に入った液体状のものが」

だが、そんなものは棚に山のように並んでいた。

その中でどれを識別したらいいのかと考えたとき、桜河内は先日読んだ記事を思い出した。人が物を隠したり、見つけたりするときの行動についてのレポートだ。

人が大切なものを隠すときと、見つけるときの行動は異なるらしい。探すほうは部屋の角からしらみつぶしに探していくものだが、隠すときには誰かに見つからないように、探す人間の裏を読んで、よりあたりまえではない場所を選ぶ。

――だったら、探す場合ではなくて、隠す場合の場所を考えればいい。……俺がここにワクチンを隠すときには……どこに隠す……？

桜河内は乳首がムズムズするのをこらえて、室内を見回した。

万が一、自分に誤って注射したときのことを思えば、すぐに手が届く場所を選ぶはずだ。さらにラベルにはハッキリと書かないが、他の瓶とは明らかに違う色のものにする。

桜河内は片手で薬品棚を指し示した。

「そこの……棚。……っ、ガラス瓶の中に、他と色が違うものがないか」

すっ飛んでいった須坂が桜河内の指示に従って、瓶を掻き分ける。

すぐに須坂が、深い緑色の瓶を見つけて戻ってきた。

「これか？」

桜河内は瓶をつかんで、ラベルを眺めた。

そこには、ラテン語を崩したような文字が記されていた。おそらく、菊池だけしか読めない記号だ。中身を即座に判別するのは不可能だったし、これが目指すものではない可能性もある。

桜河内は慎重に尋ねた。

「他にはなかったか？」

「色が違うのは、これだけだった」

須坂の言葉を信じることにして、桜河内はまずは瓶の蓋《ふた》を開け、匂いを嗅いだ。無臭だ。

おそらくこれだとは思うものの、毒物だったらこのまま絶命する可能性もある。だが、このまま放置したらいつ女体化するかわかったものではない。

——やはり、……俺としては投与しておきたい。

リスクがあっても構わない。それでも、下手をしたらこのまま死ぬかもしれないと思うと、この世の名残に須坂の顔から視線が外せなくなる。

見つめているだけで、全身が須坂を慕って軋んだ。思いがここまで肉体に影響を与えるとは思わなかった。成就しない、片思いでしかないはずなのに。

そんな桜河内のいつにない切なげな表情に、須坂は違和感を覚えたらしい。

「どうした？　……何かあったのか？」

不意に心配になったのか。須坂も桜河内の髪に手をかけて、優しく掻き回してくる。そんなふうにされると、ズキズキとさらに胸が痛んだ。

「何でも……ない。……何でも」

「何でもないって態度かよ？　どっか痛いのか？　誰か呼ぶ？」

「いい」

「意地張んなって。……だいたい、あんたは……」

焦って部屋を飛びだそうとする須坂の背に、桜河内は手を伸ばした。シャツに手が触れ、引っ張ると須坂が振り返る。桜河内はその逞しい肩に腕を回し、目を閉じてささやいた。

「おまえがいればいい。……頼みがあるんだ。このワクチンを、……点滴に入れて、俺に打って……くれ」

やり方を口頭で伝えてから、桜河内はまたベッドに横になった。

しばらく経つと、点滴に混じってワクチンが血管に流れこんでいくのがわかった。それから少し遅れて、全身のいたるところで神経がバチバチと弾けるような痛みが生まれる。

「つぁ、……っあ、あ……っ！」

その痛みを、桜河内は身体を丸めてひたすら耐えるしかなかった。

「大丈夫か？」

見かねたのか、不安気な須坂がそっと手を伸ばして桜河内の頭に触れる。

「……っ」

痛みを癒そうとするかのように、また髪をかき混ぜられただけで胸が痛んだ。不思議と涙が溢れて、止まらなくなる。

「は……っ」

身体を灼く痛みは依然として続いていたが、気遣いの感じられる優しい指の動きがそれを和らげる。片思いでしかないとわかっているのに、恋する気持ちはこれほどまでに桜河内をかき乱す。初めての感覚に、桜河内は何も言えずに耐えるしかない。

「ン、……は、は……っ」

痛みは峠を越えたのか、次第に和らいでいった。乱れきっていた桜河内の呼吸も元に戻り、ガチガチに力が入っていた身体からゆっくりと力が抜けていく。

桜河内が落ち着いたのを読み取ったのか、須坂がホッとしたように尋ねてきた。

「大丈夫か？」

その視線を受け止めるだけで、桜河内の胸はチリチリと痛む。

――俺の、……勝手な片思い。

早くこんな思いなど、振り捨てたい。だけど、初めての恋はどこか特別で、成就しないとわかっていても、抱えておきたくなる。

それでも、須坂にはこの思いが知られないように、桜河内は自分を立て直そうとした。

「……大丈夫だ。――それより、……菊池は。おまえは、どうしてここがわかった？」

「あんたの居場所がわかったのは、渡されたタブレットのおかげだよ。居場所がわからないように誰かにブロックされてたんだけど、俺ならそれくらいは解除できる。……菊池が隠していたファイルを見つけ出して読んでいたら、何やら恐ろしいことを企んでいるのがわかったので、いち早く知らせようとしてたら、こんな」

「菊池の……企み？」

桜河内がベッドからだるい身体を起こすと、須坂がどこかから毛布を持ってきてかけてくれる。それにくるまっていると、須坂がパソコンを差し出した。

「これなんだけどさ」

ディスプレイに表示されたファイルを、桜河内は須坂と一緒にのぞきこむ。

「……水道の配管図？」

東京都の水道網の詳しい3D配管図だ。東京都の水道水は川などから取水され、浄水された後で送水管を通って配水池に貯《た》められ、ポンプ所から配水管網を通じて各家庭や施設に送りこまれる。

その配水管網やポンプ所の情報が、通常の手段では入手できないほど細かい部分まできっちりと描《か》かれた3D画像だ。

「東京都の水は、東京二十三区と多摩地区の二十六市町村に供給されていて、給水人口は約千三百万人だって。東京の地下には網の目のように配水管が通っており、その長さは二万五千キロ以上」

須坂はそう言って、プログラムを動かした。

「この3D配管図の中で、どこに異物を混入したら、末端の水質に影響を与えることができるのかというシミュレーションを、菊池が繰り返し行ってたんだ。上流に異物を混入しても濾過《ろか》されるから、給水槽への混入が一番効果的だという結論に達したらしい」

「――給水槽への異物混入テロを、菊池が企てているということか」

桜河内はゴクリと息を呑む。

こんなことまで、菊池が企んでいるとは思っていなかった。

「そう。各給水槽の時間ごとの水量も計算してあって、そこにどれだけの量の異物を混入したら効果的な濃度になるのか、詳しく分析してるぜ。どの濃度だったら、毒物探知水槽に異常が伝わらないかという検討までしてる。ただ、何を混ぜるつもりなのかまでは、ハッキリ書かれてないんだけど」

桜河内は低くうめいた。

「菊池が研究しているのは、俺にも投入した女体化ホルモンだ。ホルモンはかなりの少量でも生物に効果的に作用するから、おあつらえ向きだな。もっと実験を重ねてから実行に踏み切りたかっただろうが、俺にこんなことを仕掛けたぐらいだから、破れかぶれになって、妙なことをしでかす可能性がある。発覚して逮捕される前に、思いきりまき散らしたいだろうし」

「まき散らすことに、何の意味があるんだ？」

「その混乱に乗じて逃げることもできるし、大がかりな人体実験にもなる。多数の実験結果が得られるから、一気に研究が進む。もちろん、そんなことをしたら実刑は免れないだろうし、後先考えない行動であることに間違いはないが」

しゃべっている間に、菊池の悪事を阻止しなればならないという焦りが生まれてくる。粘液でべとつく身体を毛布で乱暴に拭ってから、ベッドから下り、菊池が丁寧に横に畳んであった服を見つけて身につけていく。

そんな桜河内を見ながら、須坂は言った。

「それに、資金源となっていたカルト集団への義理もあるとか？」

「そうだろうな。ここまでしておけば、そいつらも満足するだろう。逃げ切ることができれば、菊池は彼らに迎え入れられるのかもしれない」

どうにか服装を整えて、第二培養室の入口へと向かおうとしたとき、桜河内はふと気づいて振り返った。

「忘れるな、須坂、中和剤だ」

「え？　ああ」

「いつ、必要になるかわからないからな」

菊池が給水槽への大がかりなテロを企てているとしたら、即座に中和するにはそれが必要だ。向かう場所はわかっている。繰り返しシミュレーションしてあった、皇居に近いポンプ所だ。

桜河内は研究所の正面に出るなり、そこにいた警備員を可能なかぎり集め、車でその場所に向かう最中に所長にことの経緯を報告した。

〔五〕

菊池はやはり、そのポンプ所にいた。

水道水の中に女体化ホルモンを投入して、逃げようとしていた現場に桜河内たちが駆けつけたらしい。

桜河内が警備員に命じて菊池を取り押さえている間に、所長から連絡を受けた警察や水道局の職員も駆けつけてきた。

そのポンプ所の水道は全てがストップされた後で、異物が投入された給水槽が調べられ、あやしいところには須坂が持っていた中和剤が投入された上で、水が入れ替えとなった。テロは未然に防げたようだ。

さらに須坂が洗いざらい、菊池の隠しファイルを提出したことで、菊池が通じていたヨーロッパ史上主義のカルト集団にも、操作の手が伸びることになった。

国立政策研究所にも大がかりな調査が入り、桜河内の仕事も停滞することとなる。

研究以外のことはあまりしたくなかった桜河内は、全ての功績を須坂に押しつけることに決めた。

警察や検察の捜査には協力しなければならなかったが、マスコミなどの対応は全て須坂に押しつける。その事件の波及によって、当面、人体実験など行えそうもなかったから、桜河内は須坂を家に帰すことに決めた。

すでに通告を済ませ、須坂が退去することになった日に、一ヶ月半ほど過ごしてもらった居室に行って、挨拶する。

「今までの協力に感謝する。半ば脅すように連れてきてしまったが、当初の約束通り、おまえが政府のデータバンクに不正にアクセスして、アダルト映像をダウンロードしたことに関しては、不問にする。さらに今回の礼として、おまえが死ぬまで、政府のアダルト映像があるデータバンクへのアクセスを許可する。これが、そのデータバンクへのＩＤとパスワードだ」

桜河内は、須坂にその書類を手渡す。

喜ぶと思っていたのに、須坂は浮かぬ顔に思えた。それが不思議で、桜河内は首を傾《かし》げる。

「どうした？　データへのアクセス権じゃなくて、データそのものがよかったか？　だが、その形だとハードディスクの物理的重量が大変なことになるそうだ。だからこそ、アクセス権のほうが、おまえの自宅を圧迫しなくていいと思ったのだが」

「そんなことじゃなくってさ」

須坂はどこか物言いたげな視線を、桜河内に向けた。

菊池を逮捕してからというもの、桜河内や須坂は所長を始め、警察や検察に事情を説明するのに忙しかった。だからこそ、あまり顔を合わせていない。

「あんたとは、これっきり？」

須坂は菊池のテロを未然に防いだ功績によって、政府の危機管理対策室に表彰されてもいた。さらにはハッキング技術を見込まれて、危機管理対策室への就職が決まったらしい。

その表彰式の映像は、桜河内もニュースで見た。パリッとした新品のスーツを身につけて、話し方も快活な須坂は画面に映えた。

これっきりかと質問されて、桜河内はどう答えていいのか迷う。

この事件が一段落するまでの間、須坂から何度かタブレットに着信の連絡があった。音声通話をしたかったらしい。

だが、事件捜査の関係上、口裏を合わせたという疑いを生じさせないために須坂とは話すなと検察から注意されているのをいいことに、そのままにしている。

失恋の痛みも引きずりたくなくて、桜河内は最低限のメールしか返してこなかった。

きっぱりと踏ん切りをつけるつもりで、桜河内は言い切る。

「これっきりだな。『理想の彼女』のテストが必要になったとしても、別の人間を頼むことになる。おまえに協力してもらうのは、これで終了だ。今後、特に連絡を取ることはない」

言いながらも、ズキズキと胸が痛む。

須坂はもしかしたら今後も、友人として付き合いたいと思っているのかもしれない。

だが、桜河内はそのように上手な切り替えができそうもなかった。好きだという気持ちを意識してしまった以上、会っても辛くなるだけだと思うほど不器用だ。

桜河内の態度に、須坂は傷ついたような表情を見せた。

それを一瞥《いちべつ》して、桜河内はきびすを返しながら、口を開く。

「この後、……少し付き合ってもらえるか」

「え？　どこ行くの？」

「俺からの就職祝いを、準備してある」

桜河内は須坂とともに研究所から出て、その前に停車しているタクシーに乗りこみ、とある場所へと向かった。

須坂が隣にいるだけで、桜河内は全ての意識がそちらに集中するのを感じる。久しぶりに会ったのが嬉しくて胸が浮き立つのだが、その気持ちを隠すためにタブレットを取りだし、仕事で忙しいふりをしようとする。

そんな桜河内に、須坂が屈託なく話しかけてきた。

「そういや、ニュースで見たよ。菊池の所業のせいで、研究所を閉鎖しろ、の声が強くなって、それを跳ね返すために、少子化対策として実験段階にあるものを一挙に公開したんだって？『理想の彼女』も、なかなか評判がいいんだってな。夫婦が何組も、体験したいって希望してるとか。海外からも、引き合いがあったって」

「……ああ」

桜河内は言葉少なにうなずいた。

『理想の彼女』や他のプロジェクトのコンセプトが受けて、研究所は当初の予定通りに運営できることになった。だけど、ため息混じりにつぶやかずにはいられない。

「……本当に好きな相手がいるときには、あれを使っても空しいだけだな」

菊池に犯されそうになったとき、苦しいほどにそのことを実感した。

須坂でなければダメだ。

いくら外見をホログラムで取り繕ったとしても、心までは満足しない。そのことを、桜河内は知ってしまった。

「プロジェクトの責任者が、そんな態度じゃよくないんじゃないの？」

須坂がからかうように言ってくる。

別離を覚悟している桜河内とは違って、須坂のほうは久しぶりに会えて楽しくてたまらないといった態度に思えた。

「だけど、……事実なんだから、仕方がない」

「代償でもいいから、その相手と寝たいって思うことってないの？」

須坂の目は、何かを訴えかけるように桜河内に向けられている。どこか切なげな眼差しは、彼女のことを思っているのだろうか。

――須坂は、彼女の代償として、……俺を抱いた……。

代償でもいいと思うほど、須坂は彼女のことが好きだった。桜河内は恋愛初心者だからわからないが、そのような恋の形もあるのだろうか。

目頭がツンと痛くなって、桜河内は窓の外に顔を向ける。

無言のままタクシーは走り、日比谷公園にほど近いホテルの前で停車した。

「ここ？」

不思議そうにホテルを見上げた須坂に、桜河内は支払いを済ませたために少し遅れて降りたちながら言った。

「ここのホテルのラウンジに、おまえに会わせたい人がいる」

「え？　誰？」

菊池のテロ未遂事件は、あの後、ニュースやワイドショーでも大きく取り上げられた。他に大きな事件がなかったということもあり、そのテロを救った功労者として、須坂がヒーローのような扱いを受けていたはずだ。

須坂が若くハンサムなこともあって、ニュースやワイドショーを見た女性からの反応はおおむね良好だったらしい。

——それに、この女性も。

須坂がマスコミに取り上げられるほど活躍したことをニュースで知ったらしく、桜河内が連絡を取ると、快く了承してくれた。

桜河内はラウンジのソファをぐるりと見回し、彼女の姿を見つける。

須坂をそこに向けて送り出す前に、早口で素っ気なく告げた。

「おまえが好きだった彼女。……連絡したらまだ独身で、おまえに会いたいと言ってた。……今ならおまえはヒーローだから、やり直しができるかもしれない」

須坂もラウンジにいた彼女に気づいたらしく、驚いたようにぽかんと口を開く。そんな須坂に一瞥だけ残して、桜河内は早足でホテルの入口に引き返した。

もともと知り合いだし、お膳立てさえ済ませればきっとうまくいくだろう。

ホテルの回転ドアをくぐり、桜河内は外の道を歩いていく。

——これでいい。

スプリングコートのポケットに両手を突っこみながら、自分にそう言い聞かせた。

須坂は彼女と再会して、うまくいく。二人が結婚して子供が生まれれば、日本の少子化にも少しは貢献できるだろう。

好きな相手を幸せにしてやるのは悪くないはずなのに、どうして周囲の光景がこんなにも涙で滲むのか。

すぐにでもタクシーを拾って引き返そうと思っていたのに、今のままでは車内で泣いてしまいそうなほど感情が昂《たかぶ》っていた。人のいないところで心を落ちつかせたくて、桜河内は日比谷公園の中に入っていく。

知らないうちに桜は咲いて、散ったようだ。人のいないほうに向かって早足で歩き、木立の中で立ちつくした桜河内は、両手で顔を覆った。

涙が溢れて、止まらなくなっていた。

須坂との記憶が蘇るたびに、呼吸が苦しくなるほど痛みがせり上がってくる。須坂を彼女に渡せば、きっぱり思いを断ち切ることができると思っていた。だけど、こんなにも胸が痛い。苦しくてならない。

――どれだけの時間が……必要なのか。須坂を忘れるまでに。

たっぷり泣いた後で、桜河内は鞄《かばん》の中から『理想の彼女』のポータブル機を取りだした。デートモードにしてゴーグルをはめてみる。開発したばかりのこれを近いうちに試そうと思っていたのだが、今がちょうどいい機会に思えた。ホログラムでもいいから、須坂が恋しくてたまらない。

スイッチを入れると、須坂の姿が少し離れた木立の中に浮かびあがった。

中の人が必要なセックスモードとは違って、これは単なるホログラムだ。触れることはできないとわかっているのに、抱きしめられたくて胸が軋む。

桜河内は須坂のホログラムに向かって、独りごちた。

「どうして俺は、……おまえを好きになったのかな」

人が他人を好きになるメカニズムというのは、いくら研究してもわからないままだそうだ。その謎さえ解ければ、別の相手を好きになることもできるのだろうか。

虚像だとわかっていても、須坂の姿を見ているだけで涙が溢れる。それを拭おうとゴーグルに触れたとき、須坂の姿が不意に掻き消えた。

――あれ？

間違えて、スイッチを押してしまったのかもしれない。諦めてゴーグルを外そうとしたとき、また少し離れたところに須坂の姿が現れた。

ホログラムが回復したのかと思って、桜河内はゴーグル越しに須坂の姿を見つめなおす。やはり、その姿を目に映しているだけで胸が苦しくなる。

見ていられなくてゴーグルを外そうとしたとき、須坂が言ってきた。

「どうして泣いてんの？　俺に、女をあてがおうとしてきたくせに」

――あれ？　音声が……？

桜河内の肩が、大きく震えた。驚いて須坂を見る。

音声機能はまだ開発中のはずだ。だが、テスト版だから、スタッフの誰かが試しに組みこんでおいたのかもしれない。

相手の声を認識し、その内容に応じて返答をするロボットコミュニケーション機能は、今やそれなりに発達していた。場に合った発言をすることに驚きながら、桜河内は虚像に向かって本心を吐き出していた。

「……おまえは、彼女のことが忘れられずにいたじゃないか。……好きな人が幸せになると、自分も嬉しくなる。……そういうものだって、聞いてたからな。だけど、……実際にはこんなに苦しい」

言葉にしたことで、堰《せき》を切ったように涙が溢れて止まらなくなる。

さすがにゴーグルを外して、涙を拭おうとしたときだ。桜河内はいきなり誰かに抱きしめられた。

——え？

ここにいるのは虚像のはずだ。

実体のないホログラムだから、抱きしめられるはずがない。

焦ってゴーグルをずらしたが、その隙間からも須坂が見えた。ホログラムだったら、ゴーグルを外したらその姿は消えるはずだ。

——もしかして、……これは、……本物……？

驚きのあまり、息をするのも忘れる。自分は須坂に、今、何を言っただろう。

「彼女と、……どうして一緒にいないんだ？」

焦りのあまり、責めるように桜河内は口にした。あれほどまでに好きだった相手とうまくいくように、自分はお膳立てしたはずだ。なのに、どうして彼女と別れて、自分の目の前に現れるのか理解できない。

照れくさそうに、須坂は笑った。

「彼女と、久しぶりに会ったんだけど、……何か違うんだよ。あれほどまでに好きだったのに、不思議とときめかない。昔、セクハラで訴えたことを謝ってくれて、やり直したいと言ってくれたんだけど、……なんか、違くて」

「何が……違うんだ」

須坂の言っている意味がわからない。

本心を聞かれてしまった後だけに、動揺が消えない。自分は須坂のことが好きだとハッキリわかるような言い方をしてしまっただろうか。気味悪がられてはいないだろうか。男は恋愛対象外だと、すでに告げられているのに。

須坂とこうして話をしているだけで、鼓動が乱れて自分が冷静さを失っていくのがわかる。顔を合わせなかった間にこの思いを断ち切ろうとして努力してきたのに、視線を感じただけでのぼせ上がる。

何をどう言っていいのかわからず、桜河内は困惑して須坂を見つめた。

「わかるだろ？」

須坂に聞き返されても、追い詰められるばかりだ。まともに頭が働かない。

「わからない」

うつむくと、須坂がさらに身体を寄せてくるのがわかった。

驚きに顔を上げた途端、ゴーグルを外される。今の桜河内と同じぐらい緊張しきった須坂の顔が、すぐそばにあった。

その表情を見定めようと大きく目を見開いたとき、唇が押しつけられた。

「……っ」

唇が触れあうその感触が、ぞくりと身体の芯まで響く。

その心地良さに、桜河内はこれが特別なものだと思わずにはいられない。

キスだけで胸がいっぱいになり、目の付け根がツンと痛んで目が開けられなくなったが、頭の中が疑問で一杯になる。どうしても納得できずに、声が出せるようになるなり質問を突きつけた。

「……こう……のは、……女のほうがいいんだろ？」

男は恋愛対象外だ。ハッキリと須坂に告げられていたのだ。

「そうでもない」

なのに、須坂はそう言って桜河内の頭の後ろに腕を回し、逃がさないようにしてからまた唇を押しつけてくる。

口づけを受けるたびに、桜河内の身体から力が抜けていった。心地良すぎて、全てを須坂に預けそうになる。だけど、須坂が彼女を残して、自分にキスをする理由がわからないままだ。

「だって、……あのとき」

キスの合間に、桜河内は切れ切れに訴えた。

あの部屋で桜河内の股間に、須坂が顔を埋めたときのことだ。

「……男は無理だって、……恋愛対象外だって、おまえは言った」

その直後に、菊池が須坂のパソコンをハッキングした合図の音が響き渡って、話はそれっきりになったのだ。

「へ？」

驚いたように、須坂は眉を上げた。記憶を呼び起こすように遠くを見てから、焦ったように言ってくる。

「……いや、……あれさ。……言おうとしてたのを、途中で邪魔されたんだよ。……もしかしたら、そういう誤解してるんじゃないかと思ってたんだけど、やっぱりそうだったんだ」

「誤解？」

須坂にとってもそのときのことが引っかかっていたらしく、ようやく釈明するチャンスが訪れたとばかりに早口でまくしたててきた。

「男は恋愛対象外だったはずなんだけど、……あんただけは違うって、あのとき、言おうとしてた」

「え？」

桜河内は固まった。

——俺だけは違う？

つまり、桜河内は須坂にとっての恋愛対象という意味なのだろうか。

「男でも……いいってことか？」

まともに頭が働かずぼんやりと見返すと、いつになく真剣な顔で須坂はうなずいた。今まで、こんな須坂を見たことがないぐらいだ。

今日は須坂を彼女に引き渡すという覚悟を決めた日のはずだ。なのに、こんなことになるなんて、驚きが大きすぎて感情がついていかない。

だが、固まったまま須坂を見ることしかできずにいると、また頭を抱えこまれて唇を重ねられる。

一瞬のことで、桜河内は反応できない。言葉よりも、行動で伝えようということなのだろうか。

今までよりもずっと深く唇が重ねられ、奥のほうに縮もうとする舌を捕らえられて絡め取られた。

まだキスに慣れない桜河内に、キスの仕方を教えこむように須坂からのキスは続く。

目眩すらする感覚の中で、桜河内は少しずつ須坂の思いを受け止めていく。

——須坂は、……俺のことが好き？　彼女よりも？

その疑問が、頭の中で何度も繰り返される。

だからこそ、彼女と別れて桜河内の後を追ってくれたのだろうか。やたらと頭は空回りして、まだ完全にそのことがわからずにいるうちに、名残惜しそうに唇が離れた。

瞼を開くと、すぐそばに須坂の顔があった。

見つめあうだけで、どうしようもなく胸が騒ぐ。

まだ足りないというようにさらに唇が近づけられ、むさぼられて、桜河内の意識は甘く溶けていく。須坂以外で、こんなふうに肌が粟立つような感覚をくれる相手はいない。どうしてなのかわからないが、それでも須坂でないとダメだ。

たっぷりとキスを浴びせかけられた後でその結論に至って、唇が離れてから尋ねた。

「俺で、……いいのか？」

「もちろん」

須坂は桜河内の身体から腕を離そうとはせずに、愛しげに髪に顔を埋めてくる。今の答えだけでは足りなかったのか、さらに言ってきた。

「あんたじゃなくちゃ、ダメなんだ。だから、これからも別れるなんて言わずに、俺と会ってくれ。真面目《まじめ》に、仕事もするから。もっと、あっちこっちでデートもしようよ」

どこか切実に響いたその声に、桜河内は笑った。

こんなふうに抱きしめられるのが、心地良くてならない。ぬくもりをくれる須坂のそばに、ずっといたいと願ってしまう。もっと須坂と全身で触れあいたくて、桜河内からもその背に腕を回した。

「だけど、……問題が一つあるんだ」

残念そうに言うと、須坂の腕に離さないというかのように力がこもった。

「何だ？」

「少子化問題。……俺には、それを解消する責任がある。なのに、俺自らが、少子化を促進するような関係を持つというのは」

「それとこれとは別問題だろ。『理想の彼女』の開発は成功し、近いうちに『理想の彼氏』とあわせて普及型が発売される予定だって、ニュースで見たぜ。あんたはそれで、政府に対する責任を果たした。だけど、それでも気がすまないんだったら、男同士でも子供ができるような方法を考えたら？」

「それは、専門がかなり違う」

門外漢だからこそ、須坂はめちゃくちゃなことを言ってくる。だけど、今後は自分の実益も兼ねて、その方向の研究をするのも悪くはないかもしれない。そんなふうに思ってもみる。

「あんたなら、できるはず」

無条件の信頼とともに、須坂は桜河内に額を押しつけてきた。

見上げると、すぐそばにある須坂の、照れくさそうな笑顔が見えた。こんなときの表情が好きだ。つられて笑顔になってしまいそうなほどの、青空のような明るさを秘めている。

身体の芯から溶け崩れるような切ない思いがこみあげてきて、そのまま動けなくなりそうだった。

早く二人きりになりたくて、桜河内は言った。

「俺のうちに来るか？」

「行ってもいい？」

「もちろん」

そんなたわいもない恋人同士の会話だけでも、胸が弾んだ。

ベッドに押し倒されるまで、何だかいろいろ話したような気がするが、やたらとのぼせ上がった桜河内はろくに覚えていない。

あらためて顔面のあちらこちらにキスを落とされ、元のぺったんこな状態に戻った乳首を嫌というほど嬲られた。菊池に投与された物質の影響が消えたら胸ではあまり感じなくなるだろうと思っていたのに、そう甘いものではないらしい。

乳首から須坂の唇が離れていく気配にホッと息をする余裕もなく、今度はその身体が腰のあたりまでずり下がった。

「こないだの、続きな」

そんな言葉とともに、下着をゆっくりとずり下げられる。隠すものを失った途端、熱くなった性器が外気の中に飛びだして、顔から火が出そうになる。

「……っ」

このありさまを須坂に見られるのが、恥ずかしくてならない。羞恥《しゅうち》に腰を引こうとしたとき、須坂の手がそこをきゅっと握りこんできた。

それだけで、息が詰まるような快感とともに腰がさらに熱くなる。大きな手で上下にしごかれただけで息が詰まるほど感じて、先端から先走りの蜜が溢れ出した。

「あれから、俺のこと思って、一人でしてみたりした？」

からかうように尋ねられ、桜河内は涙目でにらみつける。

「して……な……っ」

「本当に？」

「フラれたと……思ったから」

今の自分の姿を、須坂が克明に見ているんだと考えただけでいたたまれない。

あえぐ以外はまともにできなくなった桜河内を愛しげに見つめた後で、須坂がずり下がって股間に顔を近づけた。敏感に張りつめたペニスの先端を、ぬるりと生暖かい舌がなぞる。

「ぅあ……！」

指とも全く違う生々しい感触に、桜河内はのけぞらずにはいられなかった。

先端をたっぷり舐め溶かした後で、ペニスの側面にまで須坂の舌が這っていく。あまりに感じすぎてどうにか逃れたかったが、体重とともに抑えつけられていてそれがかなわない。熱くて弾力のある舌とペニスが触れあうたびに、電流のような快感が広がる。感じすぎて、ひくひくとペニスが脈打っていた。

「は、は、は……っ」

ペニスをジュルジュルと嬲られながら、桜河内は腕で顔を隠した。どれだけ自分がだらしない顔をしているのか、自覚できる。こんな顔を、須坂に見られたくない。だが、顔を隠すと今度は呼吸が乱れきっているのが耳についた。

須坂はペニスの根元までまんべんなく舌で嬲ってから、今度はその先端から唇ですっぽりとくわえこんでいく。

「ひぁ、……っあ、あ、…っ」

生暖かいぬかるみに包みこまれる感触に、桜河内は腰砕けになった。身じろぐたびにその口腔内に触れる不規則な刺激は増すばかりだから、全てをゆだねてできるだけ力を抜くしかない。

感じすぎて、すぐにでもイかないのが不思議なぐらいだった。時折ペニスに触れる硬質の感触が、わずかに正気を呼び起こす。須坂も男を相手にするのは初めてで、要領がつかめていないのかもしれない。歯が当たっているのだ。

だが、くわえこまれて、からめた唾液ごとペニスをじゅるりと吸いあげられては、切れぎれのあえぎを漏らすことしかできなかった。

ゴーグルという介在物なしで抱かれるのは、ひどく恥ずかしい。この姿を余すことなく須坂に見られているのだと意識しただけで耳や頬が真っ赤に灼け、与えられる刺激がストレートに全身に伝わってくる。

ペニスをくわえこんだ唇をじゅぷじゅぷと動かした後で、須坂は唇を外し、尿道口からぬるぬると溢れ出した蜜を舌先でペニス全体にまぶしつけた。

「ひ、ぁ！」

そのたびに生々しい快感が駆け抜けて、腰が跳ね上がる。須坂は桜河内がイきそうになるたびに、内腿や根元のあたりを焦らすように舐めてきた。

「っぁ、……あ、……ン、は、……っぁあ、……っん、ん……っ」

イくのは恥ずかしいのに、イけないと次第にもどかしさばかりがつのってくる。須坂の頭を挟みこんだ太腿が、ガクガクと痙攣し始めた。

「ふ、……っは、ン……」

そんな桜河内のペニスが、また唇と舌でねっとりと嬲られる。度を超えた快感の連続に、桜河内は流されるばかりだ。まともに思考が働かない。

イきたいのかそうでないのか、自分でもわからなくなっていた。

深呼吸して身体の熱を制御しようとした途端、煽り立てるように裏筋に集中的に舌を這わされた。

「ンぁ！」

感じきってのけぞると、蜜を溢れさせる先端を絶妙の強さで吸いあげられる。

じゅる、と唾液をからめて走り抜けた刺激に、頭の中が真っ白になった。

尿道口に舌をねじこむようにして集中的に刺激されると、太腿がビクビクと痙攣する。

「やっ、……ぁ、……あ、あ……っ」

かつて味わったことのない快感に呑みこまれ、開きっぱなしになった口の端から唾液がどろりと溢れた。ただ須坂の与えてくる刺激に、動物的に反応することしかできない。

限界近くまで達したその快感をはぐらかすように唇が離れていくのを感じたとき、桜河内はついに耐えきれなくなって涙声で訴えた。

「も、……意地悪……す……な……っ」

須坂が愛しげに足の間で笑う。その生暖かい吐息が、嬲っていたペニスに吹きかかり、身体の芯まで溶け崩れそうな甘ったるい刺激がズキンと走った。

「っひ、ぁ……っぅ……っ」

とくり、とそこから溢れた蜜の様子も須坂に見られているのだと思うと、消え入りたいほどの恥ずかしさがつのる。

そのとき大きく足を広げて、須坂が顔をそこに近づけてきた。

「あれ」

驚いたように発せられた声に、桜河内は緊張しすぎて肝心なことを自分が忘れていたことに気づく。

菊池に投与された女体化ホルモンのせいで出現した敏感な肉芽は、依然として存在していたのだ。

「何、これ……」

指でそこをくりっとなぞられただけで、桜河内の腰が跳ね上がった。

「っひ！　……ぁあ……っ！」

「どうしたの、これ」

くりくりと指でそこをなぞられたままだから、ろくに息も継げない。

「菊池の……せい。……ちい……さくなって……るから、も……じき、……消える……」

「女体化……してんの？　消えちゃう……なら、その前に、……さんざん、可愛がっておかないと」

ためらいもなく、須坂がそこに顔を埋める。

舌がその突起を這っただけで、ぞくっと甘すぎる衝動が桜河内を襲った。

「っあ、……っぁあ……っ」

それだけで、びくびくっと下腹が跳ね上がる。そこはほんのわずかな刺激にも反応する敏感な部分だった。

小さなその部分を須坂の舌が円を描くように撫であげていっただけで桜河内はじっとしてはいられず、ひっきりなしに腰を跳ね上がらせた。

「ん、……っく、……っん、く……っ、ダメ……っ」

「ダメなんて言われると、余計に……したくなるって知ってる？」

言いながら須坂にさらに足を大きく広がされ、肉芽をきゅっと吸いあげられる。

それだけで、ぞくぞくと快感が背筋を駆け抜けていく。声を抑える余裕など、もうどこにもなかった。

「ひ、――ぁ、あ、……は……っ」

こらえようもなく、全身が痙攣する。

絶頂が近いのは、不慣れな桜河内でもわかった。

もうダメだと思ったそのとき、つぼまった身体の奥に須坂の指先がつぷ、と押しこまれた。

新たな刺激に桜河内は大きく震え、目も眩むような絶頂に押し上げられていた。

「っあああ、――ッン……っ」

――……イク……っ！

腰を突きあげながら、マグマのように腰に満ちていたものを一気に噴出する。

その強烈な快感に、完全に頭が飛んだ。

「っい、……っぁ、あ、……っあ、……は、……はぁ、は……っ」

空白だった時間の流れが戻ってきても、しばらくはまともに考えることができない。

そんな状態でも桜河内を落ち着かなくさせるのは、身体の中に入ったままの須坂の指の存在だった。呼吸するたびに、中にあることを実感する。

イったばかりで敏感になった襞は、指を感じるたびにひくひくと蠢いた。

「濡れてる」

須坂にささやかれて、桜河内は言葉を失う。

「……っ」

「これも、菊池のホルモンの後遺症？　ねとねとで、このまま突っこめそうな」

膝を折る形で両足を抱えこまれ、中を探るように須坂の指先が蠢いた。

「ぁ、……っは、……っぁ……」

濡れてるのを確認するかのように指が体内を行き交うだけで、そこから身体が溶けだすような感覚があった。違和感だけではない疼きが生み出され、桜河内は濡れた目で須坂を見上げた。

こんなふうに身体を合わせると、須坂の存在が不思議なほど近くに感じられた。

即効性の媚薬のような成分を含有する潤滑剤は塗りこまれていないというのに、自然と分泌する愛液のぬめりを借りて指を動かされていると、ただでさえ熱く感じられていた襞が、ジンジンするほど疼いてきた。

中がさらにぬめりを増すにつれて、ぞくぞくと広がっていく快感に桜河内は息を呑んだ。

さらに指を二本押しこまれて、桜河内は痛み以上にこみあげてきた感覚にうめいた。

「っは、……っぁ……っ！」

ぎち、と中を大きく開かれ、指の違和感にひくりと襞が蠢く。二本合わせた指を動かされるたびに腹の底を掻き回される違和感があったが、それが次第に快感に置き換わっていく。

予想していたよりも遥かに早い快感の到来に、桜河内は唇を嚙みしめた。

「ン」

そんなところで快感を感じ取るのにまだまだ慣れなくて身体に力がこもるというのに、そこはひくひくと勝手に蠢いて指にからみつく。襞の隅々まで抉っていった須坂の指が、やたらと感じるところに触れた。

「っひ、……っぁああ……っ！」

脳天まで走った甘ったるい電流に、桜河内はのけぞった。

だが、体内で感じているのは、乳首やペニスでの直接的なものとはどこかが違っていた。身体の奥底から湧きだす快感だ。

抉られるたびにびくんと腰が跳ね上がり、自分のものとは思えないような甘ったるい声が漏れる。触れられてもいないペニスが、体内からの刺激に煽られて硬く勃ちあがり、先端から溢れ出す蜜で新たに濡れた。

「は、……っは、はぁ……っ」

指が感じるところを抉るたびに、身体の内側から溶けるような快感が広がる。

襞全体が熱く溶け、どこもかしこもムズムズした感覚がつきまとうようになっていた。

それは指でかき混ぜられただけでは落ち着きそうもなく、刺激されるたびにむしろ疼きが増すようだ。

「ぁ、あ、……ッン、ん、ん……っ」

須坂の指にいくら掻き回されても落ち着かない欲望に耐えかねて、桜河内は大きく足を開いた。自分がどんな格好をしているのかという自覚もろくになく、疼く部分をより刺激してもらいたいという欲望に押し流される。

――すごく、痒い……。

感じてならない。須坂の指が動くたびに、そこからくぷくぷと漏れる音にも、恥ずかしさを煽り立てられる。刺激が足りないもどかしさが、桜河内の身体を淫らに暴走させていく。

――もっと、……っ強く……。

なのに、須坂は焦らすように掻き回すばかりだ。

「っぁあ、……っは……っ」

自分でせがむしかないのだろうか、とぼうっとした頭のどこかで考えながら、桜河内は須坂を見上げた。

睫が涙でしっとりと濡れ、須坂の姿がぼやける。

上体を近づけてきた須坂の背に腕を回して、すがりついた。

「……早く、……中……っ入れ……」

それだけ言うのが精一杯だった。

むさぼるように、須坂の唇が重なってくる。

押し入ってくる舌に、桜河内は自分からも舌をからめていた。

「ツン、……ん、ん……っ」

須坂のほうからも桜河内の首の後ろに腕が回され、さらに身体が密着する。須坂との間で不規則に刺激されるペニスの熱さが、ひどく恥ずかしい。負けないぐらいに須坂も硬くしているのが、服越しに伝わってきた。

「ふ、……っう……」

――快感で、……頭が爆発しそう……。

須坂に抱かれるたびに、桜河内は自分が自分でなくなったような感覚に陥る。

自分も本能に縛られる動物なのだと思い知らされるのと同時に、密着している須坂への愛しさが心の底からこみあげてきた。

もっと淫らなことをされたい。こんなふうに願う相手は、須坂だけだ。

「…早く、……おまえで……」

そうしないと指だけでイってしまいそうなほど、昂っていた。

その声に煽られたのか、須坂が勢いよく身体を起こし、服の前を乱していくのがわかる。

直後に足を抱えこまれ、ずっと疼いていたそこに欲しかったものが押し当てられた。その熱さに、びくっと腰が引くほどだった。

「……っ」

だが、ぐっと圧力をかけられると、中へ引きこもうとするように襞がひくつく。

その刺激に怯えてかすかに腰を動かすと、上擦った声で言われた。

「中、動いてる」

「おまえの……せいだ」

言葉に煽られてさらにひくっとそこが蠢き、須坂のものと中の粘膜の一部が擦れあう快感に息を呑んだとき、思いきり重みをかけられた。

「っぁ！　……っぁ、あ……っぁああ、……っは……っ」

たっぷり指でほぐされた入口を、硬い大きなものが強引に押し開いていく。括約筋を限界まで引き延ばされ、痛み混じりの悦楽に桜河内は深呼吸した。

それで少し力が抜けたのか、直後にぬるっと先端が中に潜りこむ独特の感触に、ビクンと腰が勝手に跳ね上がった。

その後はたっぷりとしたぬめりを借りて、杭《くい》を打ちこむようにゆっくりと呑みこまされていく。

「っあ、……あ、ッン、……あ、……っ、ひ、ぁ……っ」

膝をつかまれて、身体を揺すりあげられた。深すぎるぐらいに、どんどん入ってくる衝撃が怖かったから、途中で一息いれて欲しかったのに、須坂は動きを止めてくれない。

感覚のないような深い部分まで、大きなものをくわえこまされていく。

呼吸のたびに存在感が増し、息が浅くなるほどギチギチに身体を押し開かれた。襞に密着した性器の熱さに、うずうずと中が灼ける。

「待て……、動く、ぁ…な……っ」

桜河内はまともにしゃべれないまま、訴える。

こんなところを抉られているのに、気持ちいいと感じる自分が信じられない気持ちも強い。まだきつさと違和感は凄かったが、それに混じって須坂と自分が一つに溶け合っているという精神的な充足感があった。

その感覚に意識を奪われていると、動きを止めた須坂がつぶやくのが聞こえた。

「すげ、……締めつけ。……気持ち……い……っ」

自分の身体が須坂に快感を与えているのだと思うと、目が眩むような嬉しさがこみあげてくる。

桜河内の身体が完全に落ち着くまで待てないのか、深い部分までギチギチに満たしていたペニスがゆっくりと抜き出されていく。襞を擦られる甘い陶酔に息が詰まるが、圧迫感が消えて呼吸が楽になった。

だが、返す動きで深くまで穿たれ、体内にあった空気が甘い声とともに漏れた。

「っは、……っぁ、あ……っ」

疼きまくっていた部分が、須坂の張り出したカリで強烈に擦りたてられることによって快感を生みだし、またすぐにジンジンと疼く。

体内を行き交うペニスの動きだけが全てとなり、桜河内は必死になって力を抜こうとしながら、あえぎ続けることしかできない。

須坂のものが体内を往復するたびに、身体がそこから溶けだすようだった。その感覚ばかりに囚われて、須坂に翻弄されることしかできない。

「っん、ん、ん……っ」

そのとき、投げ出されていた桜河内の腕がつかまれた。手首を頭上で一つに束ねられ、それによって扇情的にさらけ出された乳首に、須坂が顔を埋めてくる。

張りつめた敏感な粒をきつく吸いあげられて、桜河内はビクンと腰を跳ね上がらせた。

「っは、……っく、……ぅう、ン……っ」

下肢を大きなもので穿たれながら、乳首も嬲られる。強弱をつけて乳首を吸われるだけでなく、その合間に甘噛みされると、抉られている襞にも複雑な刺激が伝わる。

「っ、あ……っ」

さらに乳首に軽く歯を立てたまま引っ張られると、快楽神経を直接刺激されたような快感があって、もがくように腰を動かさずにはいられなかった。

だが、動けば動くほど、須坂の歯に挟まれた乳首がきゅっと引っ張られることになる。

「あ、……っぅ、う……っ」

新たな悦楽に、桜河内は息を詰めた。

ただ乳首を嚙まれているだけで、下肢の快感が倍にも何倍にもなるなんて反則だ。

須坂はそこから歯を離さないまま、ペニスを襞に擦りつけるようにぐるりと腰を回した。

嚙まれたままの乳首が、須坂の動きに合わせて電流のような快感を広げる。さらにくびりだされた淡い色の粒を、ぬるぬると舌先でなぞられた。

「っぅ、う……っ」

感じるたびに、桜河内の襞は、それだけ別の生き物のように須坂のものを締めつけた。それによって、桜河内がどれだけ感じているのか、須坂は如実に知ることができるのかもしれない。

「あ、……っも、……そこ……っ離せ……っ」

乳首が感じすぎて、どうにか須坂の顔を胸元から外そうとしたが、それがかなわないぐらい突きあげる動きは増すばかりだ。

「っぁ、……っは、は……っ」

イきそうになって、桜河内はぶるりと震えた。

だが、見上げた須坂の表情には余裕があって、まだまだ終わらせるつもりはないらしいと理解する。

必死になって身体をひねり、しつこく乳首を嬲る須坂の頭を外そうとすると、須坂は桜河内の動きを利用して、うつぶせに組み敷いてきた。

「う、あ！」

背後から腰を抱えなおされ、角度を変えて入りこんできたペニスに、桜河内はうめいた。

これで乳首への刺激も終わったわけではないらしく、後ろから伸びてきた指に乳首を両方とも指の間でくびりだされ、甘ったるく押し潰されて、ぞくりと身体が溶けた。

「……ッン、……っぁ」

そこから指は外されない。

くりくりと指先で硬い粒を両方とも転がされながら、背後から硬いものを勢いよく突きたてられる。新たな快感を流しこまれるたびに、桜河内は快楽に身もだえながらベッドに腕を突っ張るしかなかった。

「は、……ッン、ン……っ」

体位が変わったせいか、先ほどよりも須坂のものがより大きく感じられ、襞に入りこんでくる動きもやたらとリアルに感じ取れる。激しくなった動きに、息が詰まるほどの甘い痺れが湧きだすとともに、太腿がガクガクと震えた。

襞に力強く須坂のものが押しこまれるたびに、張り出したカリ先が強烈に襞を抉る。

ズンという衝動が奥にまで伝わるのに耐えている合間にも、背後から伸びた手に乳首を転がされた。

「っぁ、あ、あ……っ」

辛いほどの悦楽に耐えかねて腰を揺するたびに密着したカリが襞を刺激し、その圧迫感と痺れに全身から汗が吹きだした。

涎《よだれ》も垂れ流しになっていたが、それを拭う余裕もない。

須坂もすでに絶頂が近いのか、動きから余裕が失われていた。

「ン」

ひくつく襞を強烈にこじ開けて、ずぶずぶと桜河内の身体は深くまで抉られ続ける。

リズミカルに、絶え間なく与えられる突きあげに翻弄される。

後はただ昇りつめることしか、考えられなくなっていた。

それでも須坂がイクまではどうにか我慢したくて、無意識に腰を動かしたそのとき、鋭い快感に背筋が跳ね上がった。

「っひ、あ……っ」

——感じすぎるところに、……あたってる……っ！

ギチギチに、中に力がこもった。

須坂もそれに気づいたらしく、先端をそこに擦りつけるように小刻みに腰を使ってきた。

「ツン、ぁ……っ」

そこに押し当てながら抜き取られ、返す力で力強く打ちこまれて、ぶるっと全身に痙攣が走る。

「っぁ、……っぁ、あ……っ」

繰り返し、弱い部分ごと深く逞しく抉りあげられる。

無意識に逃げを打とうとする腰を背後からしっかり抱えこまれ、叩きつけるように続けざまに突きたてられて、身もだえするほどの快感に桜河内はうめいた。

「つぅ、く……っ！」

太腿や背筋の震えが抑えきれなくなり、切迫した射精感がこみあげてくる。

襞がきつく須坂のものを締めつける。そのとき、中で須坂のものがどくりと脈打った感覚があった。それによって、桜河内は一気に絶頂まで昇りつめていく。

「っぅあ、あ、あ、あ……っ！」

乳首を強くつねりあげられる快感がそれに加わり、今までこらえていたものを一気に吐き出していた。

「う、……っぁ、……っはぁ、う、く……っ」

腹や胸元にまで精液が飛ぶほど、思うさま射精する。

痙攣が治まらない体内に、須坂もどくどくと注ぎこんだ。

——あ、……入って……くる……。

須坂のものが身体を満たす感覚に、桜河内はぶるっと震えた。腰が抜けそうな甘ったるい快感に酔いしれながら全身から力を抜き、抜き取られる感覚にも小さく震える。

それから、獣のようにベッドの上で身体を投げ出して息を整えた。

充足感があった。このまま眠ってしまいそうなほどだ。

須坂は桜河内を抱きしめるように腕を回し、寄り添うように横になった。言葉などなくても、寄り添っているだけで気持ちがよくてならない。

半ばとろとろと眠りに引きこまれていたとき、何か声が聞こえた。聞き取れなかった桜河内は、少しだけ現実に引き戻されて目を開く。

「何か……言ったか？」

尋ねると、桜河内に顔を寄せていた須坂は焦ったような顔をした。

「いや、……その……っ」

その表情が、引っかかる。自分に聞かれたくないことだろうか。

「何て……言ったんだ？」

繰り返し尋ねると、須坂は言いよどんだ。

「……まさか、……知っててわざと聞いてるんじゃないよな」

「俺の性格上、そんなことはしない」

少し目が覚めながら返すと、須坂は一瞬黙りこんだ後で、ぶっきらぼうに言った。

「……だって」

「え？」

またしても聞き取れなくて、桜河内は問い返す。

須坂は深呼吸した後で、ようやく聞き取れる声で言ってくれた。

「好きだって言ったんだ」

その言葉に、心臓が止まりそうになる。そしてどうしてこんな大切なことなのに、何度も聞き返さなければならないほど小さな声なんだと憤る。

だが、自分もそうだと言い返そうとしただけで、言葉はのどに詰まった。だから、そういうものなのかもしれない。

心の中で、桜河内は与えられた言葉を繰り返した。

——……好きだって。……須坂が、俺のこと。

やたらと鼓動が乱れて、かあぁああっと顔が熱くなった。表情の変化に気づいたのか、須坂が耳元に唇を押しつけてくる。

半ば無意識に須坂の頭を引き寄せると、今度は唇を塞がれた。

「……ッン……っ」

なかなか唇は離れない。

意識をしっかり保っていなければ、クラクラしてしまいそうな官能的なキスだった。

次第に深くなっていくキスに焦りを感じた桜河内は、その身体を押し返しながら尋ねてみる。

「ちょ、……待……っ。まさか、またやろうなんて考えは」

「そのまさかだ」

言葉とともに手を足の間に伸ばされ、まだ溶けたような部分をまさぐられて、身体がひくりと痙攣した。

「ン……っ」

舌をからまされながらそこをかき混ぜられると、桜河内は自分の身体が浮き上がっていくような高揚感に翻弄されて、須坂にすがりつくことしかできない。

ようやく唇が離れたが、酸欠でクラクラする。

熱を帯びた身体は須坂にしがみついていなければどこかに飛んでいってしまいそうな気がするほどで、深くまで掻き回す指を拒めない。

どこか嬉しそうに見下ろしてくる須坂を見るだけでやけに恥ずかしくなるのを感じながら、桜河内は言ってみた。

「何となく、……わかった気がする。少子化問題を解消するには、性の枠に囚われない……ことだ。

誰でも、好きになった相手と……子供が作れるような社会や、……システムを、……これからは、……必要か……と」

桜河内の言葉に、須坂は柔らかく目を細めた。

「そうだな。その面では、菊池の研究は有益なのか？」

「菊池の……研究は、……誰かが受け継ぐ……らしいな。あの、……エロ……い、触手……も、一緒に育ててるって」

「だけど、俺は男のままのあんたが好きだけど」

くちゅ、と指を増やされながらそんなふうにささやかれ、快楽と羞恥を覚えながら、桜河内はぎゅっと目を閉じた。

「だったら、……おまえが女になれ」

あまりゾッとしない考えだが、どちらかが性別を変えなければならないのだとしたら、割り切ることも必要かもしれない。

だが、思いを巡らすのを邪魔するように、須坂のほうから唇が重なってきた。唇をついばみながら、甘くささやかれた。

「俺が女になったら、……こんなふうにおまえを悦《よろこ》ばすことができなくなるだろ」

その言葉とともに、深くまで体内に進入してきたものに、桜河内は甘い声を放った。

「っぁ、……っぁ、あ、あ……っ」

これが須坂からなくなるのは辛い。

自分はまた、肝心なことを忘れる。

少子化対策は、一筋縄ではいかないようだった。

あとがき

このたびは『ハカセの交配実験』を手に取っていただいてありがとうございます。

幼いときから天才少年で研究ばかりしてきた、自慰すらしたことがない受ハカセに、女に振られて引きこもりになった絶倫攻がいろいろ実験されちゃうお話です……！

最初のコンセプトは確か、『ストーカーはじめました。』系のラブコメ（ラブコメ？）だったはずなんですが、いろいろプロットを弄っているうちに、いつしか触手に向けて全力で走っている自分がいました。触手、触手……！　触手は植物系とか海系とかいろいろあるんですけど、今回はぬめぬめな海系で……！

海の生き物の性転換についての本とかも読んでみたんですけど、ほとんど必要なかったな……。というか、魚類とか昆虫とかの生態って、ほとんどエイリアンみたいで、擬人化して考えるといろいろとときめきますよね。他のオスを出し抜くためにメスの偽装をして精子を無駄打ちさせるようなエピソードとかが、私は好きで好きでたまりません。何より触手です、触手。意外となかなか出てこないので、読む人も触手に向けて一気に駆け抜けてくださいね。

ということで、攻は珍しく元リア充な人です。リア充って何かと相手の扱い心得てるから、ふっと気がついたときには人慣れない受ハカセは心を奪われていたりしますよ。そんな受と攻の心の交流も楽しんでいただきつつ、触手に向けて（略

触手しか言ってない気がしますが、この話にはさりげに女体化も含まれていたりもします。女体にはあまりときめかないほうなんですが、背景にあるのがＢＬだと思うと、不思議なほど血がふつふつとたぎるこの不思議。いっぱい触手に巻きつかせつつ、女体化しつつ、楽しんでいただければ幸いです。

この本に、素敵なイラストをつけていただいた、高座《たかくら》様。いつも本当にありがとうございます……！　ぼさぼさ髪の引きこもり攻はどうなるかと内心心配していたのですが、超カッコ良くってビックリ＆うっとりしました。受ハカセが美人可愛いのはもちろんこと、菊何と脇の菊池も素敵で素敵で素敵で、何だかもったいなく思えるほどカッコ良くって、菊池でまた何か書けないものかと思ってしまうぐらいです。本当にありがとうございました……っ。

いろいろご意見、ご助言いただいた担当さまもありがとうございます。

何より、この本を読んでくださった皆様にも、心からのお礼を。よろしければ、ご意見ご感想など、お気軽にお寄せください。ありがとうございました。

この本を読んでの
ご意見・ご感想を
お寄せ下さい。

〒151-0051
東京都渋谷区千駄ヶ谷4-9-7
(株)幻冬舎コミックス　リンクス編集部
「バーバラ片桐《かたぎり》先生」係／「高座《たかくら》 朗《ろう》先生」係

リンクス ロマンス

ハカセの交配実験

2013年3月31日　第1刷発行

著者……………バーバラ片桐《かたぎり》
発行人…………伊藤嘉彦
発行元…………株式会社　幻冬舎コミックス
〒151-0051　東京都渋谷区千駄ヶ谷4-9-7
TEL 03-5411-6434（編集）
発売元…………株式会社　幻冬舎
〒151-0051　東京都渋谷区千駄ヶ谷4-9-7
TEL 03-5411-6222（営業）
振替00120-8-767643
印刷・製本所…共同印刷株式会社
検印廃止

ISBN978-4-344-82788-2 C0293
Printed in Japan

幻冬舎コミックスホームページ　http://www.gentosha-comics.net